红楼梦

失去的大观园

康来新 编著

江苏凤凰文艺出版社
JIANGSU PHOENIX LITERATURE AND
ART PUBLISHING

图书在版编目（CIP）数据

红楼梦：失去的大观园 / 康来新编著 . –– 南京：
江苏凤凰文艺出版社，2024. 6. –– ISBN 978-7-5594
-8796-4

Ⅰ . I242.4

中国国家版本馆 CIP 数据核字第 202465GT44 号

著作权合同登记号：10-2024-109

红楼梦：失去的大观园

康来新　编著

责任编辑	项雷达
图书策划	宁炳辉　王　迎
特约编辑	蔺亚丁　薛纪雨
装帧设计	时代华语设计组
出版发行	江苏凤凰文艺出版社
	南京市中央路 165 号，邮编：210009
网　　址	http://www.jswenyi.com
印　　刷	唐山富达印务有限公司
开　　本	880 毫米 × 1230 毫米　1/32
印　　张	7.5
字　　数	150 千字
版　　次	2024 年 6 月第 1 版
印　　次	2024 年 6 月第 1 次印刷
书　　号	ISBN 978-7-5594-8796-4
定　　价	58.00 元

江苏凤凰文艺版图书凡印刷、装订错误，可向出版社调换，联系电话025-83280257

总序
用经典滋养灵魂

龚鹏程

　　每个民族都有它自己的经典。经，指其所载之内容足以作为后世的纲维；典，谓其可为典范。因此它常被视为一切知识、价值观、世界观的依据或来源。早期只典守在神巫和大僚手上，后来则成为该民族累世传习、讽诵不辍的基本典籍，或称核心典籍，甚至是"圣书"。

　　中国文化总体上的经典是六经：《诗》《书》《礼》《乐》《易》《春秋》。依此而发展出来的各个学门或学派，另有其专业上的经典，如墨家有其《墨经》。老子后学也将其书视为经，战国时便开始有人替它作传、作解。兵家则有其《武经七书》。算家亦有《周髀算经》等所谓《算经十书》。流衍所及，竟至喝酒有《酒经》，饮茶有《茶经》，下棋有《弈经》，相鹤相马相牛亦皆有经。此类支流稗末，固然不能与六经相比肩，但它们代表了在各自那一个领域中的核心知识地位，是很显然的。

　　我国历代教育和社会文化，就是以六经为基础来发展的。直到清末废科举、立学堂以后才产生剧变。但当时新设的学堂虽仿洋制，却仍保留了读经课程，以示根本未隳。辛亥革命后，蔡元培担任教育总长才开始废除读经。接着，他主持北京大学时出现的新文化运动更进一步发起对传统文化的攻击。趋势竟由废弃文言，提倡白话文学，一直走到深入的反传统中去。

台湾的教育发展和社会文化意识，其实也一直以延续五四精神自居，故其反传统气氛及其体现于教育结构中者，与大陆不过程度略异而已，仅是社会中还遗存着若干传统社会的礼俗及观念罢了。后来，台湾才惕然警醒，开始提倡"文化复兴运动"，在学校课程中增加了经典的内容。但不叫读经，乃是摘选"四书"为《中国文化基本教材》，以为补充。另成立"文化复兴委员会"，开始做经典的白话注释，向社会推广。

文化复兴运动之功过，诚乎难言，此处也不必细说，总之是虽调整了西化的方向及反传统的势能，但对社会民众的文化意识，还没能起到普遍警醒的作用；了解传统、阅读经典，也还没成为风气或行动。

20世纪70年代后期，高信疆、柯元馨夫妇接掌了当时台湾第一大报《中国时报》的副刊与出版社编务，针对这个现象，遂策划了《中国历代经典宝库》这一大套书。精选影响人们最为深远的典籍，包括了六经及诸子、文艺各领域的经典，遍邀名家为之疏解，并附录原文以供参照，一时社会震动，风气丕变。

其所以震动社会，原因一是典籍选得精切。不蔓不枝，能体现传统文化的基本匡廓。二是体例确实。经典篇幅广狭不一、深浅悬隔，如《资治通鉴》那么庞大，《尚书》那么深奥，它们跟小说戏曲是截然不同的。如何在一套书里，用类似的体例来处理，很可以看出编辑人的功力。三是作者群涵盖了几乎全台湾的学术精英，群策群力，全面动员。这也是过去所没有的。四是编审严格。大部丛书，作者庞杂，集稿统稿就十分重要，否则便会出现良莠不齐之现象。这套书虽广征名家撰作，但在审定正讹、统一文字风格方面，确乎花了极大气力。再加上撰稿人都把这套书当成是写给自己子弟看的传家宝，写得特别矜慎，成绩当然非其他的书所能比。五是当时高信疆夫妇利用报社传播之便，将出版与报纸媒体做了最好、最彻底的结合，使得这套书成了家喻户晓、众所翘盼的文化甘霖，人人都想一沾法雨。六是当时出版采用豪华的小牛皮烫金装帧，精美大方，辅以雕花木柜。虽所费不赀，却是经济刚刚腾飞时一个中产家庭最好的文化陈设，书香家庭的想象，由此开始落实。许多家庭乃因买进这套书，仿佛种下了诗礼传家的根。

高先生综理编务，辅佐实际的是周安托兄。两君都是诗人，且侠情肝胆照人。中华文化复起、国魂再振、民气方舒，则是他们的理想，因此编这套书，似乎就是一场织梦之旅，号称传承经典，实则意拟宏开未来。

我很幸运，也曾参与到这一场歌唱青春的行列中，去贡献微末。先是与林明峪共同参与黄庆萱老师改写《西游记》的工作，继而再协助安托统稿，推敲是非，斟酌文辞。对整套书说不上有什么助益，自己倒是收获良多。

书成之后，好评如潮，数十年来一再改版翻印，直到现在。经典常读常新，当时对经典的现代解读目前也仍未过时，依旧在散光发热，滋养民族新一代的灵魂。只不过光阴毕竟可畏，安托与信疆俱已逝去，来不及看到他们播下的种子继续发芽生长了。

当年参与这套书的人很多，我仅是其中一员小将。聊述战场，回思天宝，所见不过如此，其实说不清楚它的实况。但这个小侧写，或许有助于今日阅读这套书的读者理解该书的价值与出版经纬，是为序。

致读者书

康来新

亲爱的朋友：

大家"好"！

如果，如果世上的事儿，都一个"好"字可以"了"，那么该是多么痛快与过瘾啊。

《红楼梦》原书有一首《好了歌》（这歌也被我们当代的朋友谱写成曲，好像还是中国台湾第一届校园民歌年度选曲的首歌曲奖呢），跛足道人的歌者，麻鞋鹑衣、疯狂落拓里，歌尽世人明知神仙逍遥之"好"，却偏偏仍然执迷于尘俗各种"忘不了"的矛盾之中。明知其"好"却又不能"了"，人生如此，自是苦海无边了。

这样一首彰显主题意识的歌，在这本改写的作品中，却被忍痛割爱了。那么，这样的改作，可能"好"吗？

正因为原书是这样丰富与伟大，故而举笔改写之际，总感无限沉重的压力，好像心底有一块永不落地的"石头"，又好像总是置身一场永远不能清醒的"红楼"梦魇里，好苦！好难！

其实，何苦这样呢？突然石头落地、长梦醒来，好像茅塞顿开，豁然贯通了：但求尽心尽力而为，唯愿这份诚挚化作小小的钥匙一枚，因为那扇门背后才是《红楼梦》原本的广袤天地，改作只是通往原作的一个门径。改作远不能替代原来的经典，然而我又多么希望因为这部改作，能够引发读者进一步探寻原典的意愿啊！

心理的障碍虽然破除了，实际的工作还是困难重重，原作出现的人物多达四百余位，故事长达一百二十回，将近百万之言。就单纯只是从中简约，说什么也够让人左右为难，提放不下的。于是，只好凭着个人最真切最深刻的感受，挥起大刀阔斧横心剪删，不免还是怕伤害到了原典。

当然，简约删裁之际，终不免关系到主观的尺度问题。其实阅读《红楼梦》以来，所能深深体会的，也正是"标准尺度"的界定。"假作真时真亦假，无为有处有还无"，究竟在各种生活的项目中，什么是真、假、有、无呢？什么才是我们应该取应该舍的呢？反复向字里行间寻索，啊，所谓的真假有无，可能还是在于一己的切身感受与追寻吧！我佩服书中的甄士隐与贾宝玉，他们并不以梦里的教训为戒，坚持以自己的血肉之躯，去真实面对人生残酷的考验，从而在痛苦里勘悟。这样正视生命的勇气，这样诚实的怀疑、清明的彻悟，最后平静地顺服，才真真是人中之人，凡俗中的凡俗，才真真是人上之人，凡俗中的不俗吧！当一切归于幻灭虚无时，曾经当真掌握过的真实，又是什么呢？就是那份真诚追寻的过程吧！

所以，必须先撇开耿耿于褒贬的得失计较，因为至少在进行改写过程间，我个人是怀以无比的真诚与虔敬的！如果我用这样的理由，来请求各位的包容与了解，各位可能颔首接受吗？

改写《红楼梦》的困难，还不单纯是作品本身的问题，这部争论不绝的书，屡屡牵引出作品外围的问题。比如说，原书的作者是谁？

才是大清早起来，闻到酒香，就忍不住狂饮的欲望。秋风更兼秋雨，寒湿凛冽袭来，为了这么一位诗酒风流的好朋友，索性解下怀里佩刀，去典当几文银钱，也好沽酒来喝。

佩刀质酒的人是敦诚，至于那位诗酒如狂的仁兄呢？他是怎样的一位人物呀！竟然可以赢得朋友这样热烈而慷慨的爱戴、呵护！

深黯的肤色，胖胖的身材，顶着一颗聪明的大头颅，所到之处，便酿出温暖的一阵春风。尽情谈笑痛快饮酒，说起故事来尤其娓娓动听。怎么只要有他在，日光月阴便如飞而去，从来也不会感觉任何的无聊？

朋友们喊他"芹圃""雪芹""芹溪""芹溪居士"或者"梦阮"。啊，这么多字呀号的，把人都搅和不清了。当我们展读《红楼梦》，在第一回中，可以知悉这部书的写作缘起，乃是经由"曹雪芹于悼红轩中，披阅十载，增删五次，纂成目录，分出章回"，于是两百多年来，大多数读者便因此采信这位"曹雪芹"就是这部书的作者。

可叹的是，如此金石之作的作者，有关他生平的直接史料却是这样零星稀少。这多少像文学史上许多的古典小说吧！总要耗尽学者许多功夫先去辨识作者是谁，而这些作者又不像从事诗文写作之流，往往因为传世作品，或者作者本身事功以及宦海生涯，而可以在青史上捕捉一个生平的大概。仿佛小说的写作，是不能堂而皇之登上大雅的。而曹雪芹尤其像是一生潦倒、未曾涉身官场的落拓之人……

要感谢许多红学的学者们，是他们孜孜的努力，是他们从当年雪芹友朋的诗文里（像敦敏、敦诚兄弟，像张宜泉……），爬梳清理，逐渐使曹雪芹朦胧的身影清楚起来。雪芹被家族命名为"霑"，曹霑，字雪芹。"霑"，极可能缘于家族喜用《诗经》命名的习惯，《诗经·小雅·信南山》中不就有"上天同云，雨雪雰雰，益之以霡霂，既优既渥，既霑既足，生我百谷"的句子吗？因为诗里"雪""霑"的关合，所以才会有"雪芹"的字吧！至于其他的什么"芹圃""芹溪""芹溪居士""梦阮"等，可能都是别号了。

"霑"固然典出《诗经》，但极可能也是出于对圣主养民、仁沾恩洽的一份感谢之忱。说到这，就要涉及曹氏家族与皇室的关系了。这个家族原来是清统治下的汉人，属正白旗包衣，包衣是旗主的奴隶和世仆，属内务府统领，往往是皇帝的亲臣近臣，经常掌握特种财务机构，如盐务、钞关、织造、海关等的职权，算是极为权势的一项肥差呢！曹雪芹的曾祖曹玺似因与康熙特殊的关系，开始荣显起来，被奉派为江宁织造，以后雪芹的祖父曹寅也继任这个职位，并曾担负康熙皇帝南巡时的接驾事务。也就是在曹寅时代，这个家族达到中天的辉煌灿烂，物质的繁华不必说，更重要的是诗书文学传统的建立——与诗文名家来往唱和，购买、收藏、印刷大量的书籍，成立家族的戏班……这种种就成为小小雪芹成年后写作的不绝泉源了。然而，这世上没有百日红的花朵，更没有不变的好时日可以长享，等到雍正皇帝继位，因为种种政治的牵连纠葛，曹家败落了，光景相当惨淡。1715 年，康熙皇帝曾特令曹寅过继的儿子曹頫（许多人相信这曹頫便是雪芹的父亲）承祧袭职。曹家对此浩荡鸿恩，十分感戴，所以我们推断：彼时出生的曹雪芹，正因家人为纪念皇恩，而被命名为"霑"了。当然，这并不是定论。因为也有一说：小婴儿是在稍后的1724年，雍正初年出生的。生年不可考，根本生年就是从费人猜疑的卒年推算的，卒年是乾隆二十七年的除夕（1762年2月12日），抑或乾隆二十八年的除夕（1763年2月1日）？这些生生死死的年代日期，每每成为红学考证的热门话题，彼此纠缠不清。

啊，先不理这些恼人棘手的问题吧！对于初访红楼的读者，生卒的年代可能纯是数字而已，并不能唤起我们对作品欣赏的生动联想！在这种情形下，我们宁可多知道作者生活的点点滴滴，脾气与性情，是不是？

是的，雪芹爱酒，"梦阮"别号，该是起于"梦阮籍"吧！而阮籍，"竹林七贤"里的人物，正是逍遥竹林、寄情诗酒的风流名士呀。雪芹嗜酒，但对于诗作似乎要矜持许多，朋友们说他的诗清新不俗，却不轻易下笔。他自己呢，每每要这样开玩笑——"若有人欲快睹我书不难，惟日以南酒烧鸭（烧鸭？那岂不是史湘云的爱物之一吗？）享我，我即为之作书"。

曹雪芹的高傲也是出了名的，但是这份高傲是向上不向下的。他一身傲骨，不阿附权贵，却又是一副出奇温热的情肠：愿帮助好友渡过生计艰难的关口；为教于景廉扎糊风筝的技巧，他特别编述《风筝谱》，不过诚心期望天下伤残无告之人，可以借此一技，谋得生活的能力；又像将已濒绝境的白媪接养家中周济；等等。有一位董显邦，就因初次晤面就深深感动于雪芹的义行，以后才会为曹氏的《废艺斋集稿》写下一篇至诚的序文。

如果在20世纪70年代所发现的《废艺斋集稿》，确实是可信的曹氏真迹，那么雪芹真真可谓是多才多艺的一位少有读书人了。他的才艺不仅止于书斋里的诗画创作和鉴赏（雪芹擅绘石头，并能鉴别字画），最为难得的是，出身如此高门府第的雪芹，竟然娴习民间的手工艺，像风筝的绘、扎、糊、放，编织、脱胎雕塑、织补、印染技术。另外，像金石印章的选制与刀法、园林的布置、烹饪的技巧等等，无所不包。这套手工艺教材的编写，原是为了盲人伤残者而特殊设计的。对于广大的生民，雪芹是怀抱着怎样一颗真挚而热烈的爱心啊！

因此之故，曹雪芹笔下的人物也是"呼之欲出"的真切。我们感觉他们毫发的纤细，血脉的流动，也感觉他们精神的苦闷与舒畅。对于人情与人性，曹雪芹乃是真诚体会与深刻洞察的自然流露，这里边没有蓄意的掩饰，没有严苛的谴责，只是无比诚实的了解与同情。

因为作者，也牵连出来其他种种的问题。其中之一是抄本里边的批阅者，尤其是署名"脂砚斋"的这位人物。在这儿，随便举出一则比较有趣的说法：这位"脂砚斋"或可能是雪芹的继室，应该就是《红楼梦》里的史湘云……那么，是不是曹雪芹就是贾宝玉呢？

有关这些，两百年来学者的精耕勤耘，固然是一片丰收，却总也不能解决我们许多的疑窦。也有人戏称这不是"红学"是"曹学"，或是"红学"的"外学"，不论怎样钻研，毕竟还是小说作品的"外缘"。

另外 个困扰，是关于续作者的问题，这又是文学史上的一大公案。为方便计，在此就简单说出较流行的一种看法——后四十回乃是高鹗所续。而高鹗呢？高鹗字兰墅，是内务府镶黄旗包衣，乾隆六十年的进士；另外有"云士"之称——可能是号吧，又别号"红楼外史"。他的著述包括《唐陆鲁望诗稿选钞》《兰墅砚香词》《兰墅文存》《兰墅十艺》《月小山房遗稿》等等。至于生卒年，限于数据，无法明察，大约可以推知，比曹雪芹要晚三十年左右。

面对如此许多的"不肯定"，我们还是可以寻出一些的"肯定"吧！而这其中最让我们感心动容的，莫过于《红楼梦》的写作，确乎是秉持了"修辞立其诚"这最简朴也是最高贵的真理。身为读者，所能回报于原书作者的，不是也唯有诚心一颗吗？

"在遥远的地方，一切虔诚终当相遇。"就让我们在虔诚的灵魂里，深深沟通，好好相遇！

"好"不"好"呢？

目录

前编　在神仙的国度

　　青埂峰下 / 002

　　三生石畔 / 006

正编　在人间的大地

　　远　客 / 014

　　摔　玉 / 022

　　梦里迷情 / 027

　　金锁印象 / 038

　　镜子传奇 / 046

　　庙院烟云 / 056

　　陪父亲游园 / 062

　　悲喜元宵夜 / 071

　　雨丝风片 / 077

目录

晚春心绪 / 088

胭脂的代价 / 101

田亩的使者 / 115

诗酒花开少年时 / 131

寒塘冷月 / 148

花 凋 / 155

续编 简述后四十回

因果名册 / 170

晴雯·袭人·香菱 / 171

黛玉·宝钗 / 173

元春·探春·湘云 / 180

妙玉·迎春·惜春 / 183

凤姐·巧姐·李纨 / 186

宝 玉 / 189

附录 原典精选

第五回 游幻境指迷十二钗

饮仙醪曲演红楼梦（摘录）/ 198

目录

第二十七回　滴翠亭杨妃戏彩蝶

埋香冢飞燕泣残红（摘录）/ 202

第三十八回　林潇湘魁夺菊花诗

薛蘅芜讽和螃蟹咏 / 204

后记 / 217

前编

在神仙的国度

青埂峰下

青埂峰下有块石头。

石头好像并不快乐，悠悠叹息的声音，风一样地飘过峰谷之间，连那片青苍翠绿，也像含着欲滴的悲哀。

青埂从地面升起，峰顶高高举着臂膀，一直伸入缥缈虚无的云间。白天，偶尔一些心高胆大的鸟儿，扑扑展翅飞来，绕着峰顶兜转几圈，又"忒儿"的一声，惊飞而去。入夜，淡蓝的星子，眨着好奇的眼睛，悄悄打量这片寂寂的无人之境。青埂峰，正介乎天、地之间，而石头，石头既然在青埂之峰，这么一来，它向上嘛，可以仰望天空；向下呢，可以俯视大地；左盼右顾，青山翠谷，四围环拥。天，像一口巨大的圆盖，从上方笼罩下来，特别有一种无所不包的恢宏器宇。地呢？四四方方，阡陌纵横，屋舍俨然，活脱脱就是棋盘的样子，那上面的布局尤其莫测高深，每一个微动都像是无比的神机妙算。再说青埂峰吧，这峰永远是一袭不变的绿袍，也不理会天上的星辰是如何从古往运行到今来，更无睹于人间的季节是如何从春夏流转到秋冬，青埂峰依然是青埂峰，始终固执那顽强的绿意。

天圆地方，山色长青，这岂不是神工的奇妙、神意的美好吗？

然而，石头所以闷闷，始终快乐不起来，就正是因为天圆地方，山色长青啊！

在石头想来：第一，它绝对应该归属于湛湛青天的，这是一个最最基本的肯定；第二，如果它不能上天，那么最起码，它也应该可以下地，去红尘走上一遭。

可是，真实的光景又如何呢？石头渴望登天，无所不包的广阔天空，却偏偏遗弃了它。石头痴想下地，然而漫漫时日，苦苦等待，总得不到机缘，容它插足地上奥秘的棋局。石头只能滞留在青埂峰，年年月月日日，没人管没人理没人爱，独个忍受一成不变的单调绿色，就这么一个无聊的所在——连鸟儿也不愿稍作逗留，连星星也感到迷惑难解的青埂峰。

"唉——"

长长一声叹息。石头习惯性望向长天——天圆融澄明，蔚蓝无边。石头越感涩发刺心，"有家归不得"的憾恨，又在隐隐作痛。

"天上是我的家，家却不要我了。三万六千五百个兄弟，个个称心快意，上天补缺。只有我，我是多出的一个，一点儿用也没有。"

"这是不公平的啊！这是拿我开玩笑啊！既然当初那么苦苦费心锻炼了我，那么，说什么也应该用我，要我！啊，神呀！这难道真是出于你的意思吗？"

一腔的疑惑、悲怨，却得不到任何一个微声的答复。苍穹无言，依然以一片毫无瑕疵的美丽，静静俯视，俯视枯枯守候在青埂峰的石头。

这样圆融完好的天空，石头何尝不喜欢呢？但它更希望自己也是那完满的一部分啊！它感觉有什么东西在心里蠢蠢蠕动，好像冰解雪融，刹那间，那疑怨又化作最初的温热。它想起完满以前的破裂与残缺。在久远之初，那时天裂了一个大窟窿，像一个最最难看的伤口，任谁见了，也要掩面难过的——尤其是女娲。

本来天地就是女娲一手创建起来的，她是宇宙间最古老、最有能力的"母亲"。当女娲发现这般凄惨的景象，一颗母亲的心，着实如刀割，鲜血汩汩流出。低下头，握紧手，她决定不惜一切的心血努力，来重新弥补天的残破，她要自己的孩子回复最初的健康完好。

女娲独自走向辽远。在大荒山上，她采集累累堆积的巨石。这么脆弱的天，必得以最最顽强的石头来整合！女娲仰起头，细细盘算裂口的大小，又弯下腰，小小心心检视每块石头的质地、纹路、色泽。在无稽崖边，女娲筑起工地，她让清澈温柔的流水洗涤、冲刷每一块巨石，又从太阳赤橙黄绿蓝靛紫的光线里，引取火种，燃起熊熊烈焰，让石头一块一块在其中烧炼。

顽强是山崖的巨石，温柔是溪间的流水，热烈是炉里的焰火。顽强、温柔又热烈，女娲正怀抱着这样一份母亲的心意呀！光阴一寸一寸地移走，石头们水里去火里来，再被从山崖送上天际——巨大的创口，逐渐在意志与柔情里愈合起来。这其中，每一个盘算，都配合着宇宙伟大的律动。石头，竖着算去，有十二丈那么高，正合一年十二个月份的数目；横着绕一圈，足足二十四方丈大小，因为从立春到大寒，十二个月里恰好有二十四节气。在细心的估量下，女娲以为这深深的伤痕，大约需要百年的天数，也就是三万六千五百块的石头，才能整合完好。一方面，出于谨慎；另一方面，出于一点私心吧，对那些齐整、巨大、上好的石头，女娲竟有些不忍全数割舍它们上天呢。于是，她一共准备了三万六千五百零一块。这该是一种母性的矛盾吧！一方面巴不得望孩子个个成才，直上青云；一方面又恋恋不舍，希望能够长伴膝下。通常，那最小的幺儿，就是在这种呵护依恋的情形下，被留在身边。

青埂峰下的石头，可以算是女娲最小的幺儿了。因为水去火来，锻炼最久，不仅通解神灵，并且出奇地温柔和热烈，但毕竟石头顽强的本性未改，那份固执直追女娲的母心。

所以，石头会固执相信——自己绝对应该上天补天。它眼睁睁看见众弟兄们，陆续登上天际；它早晚日夜，盼呀盼，那份渴切，热烈如火焰。面对天所受的破碎残伤，石头关怀的温柔之情，恐怕要胜过它的任何一个兄弟，甚至女娲自己。然而，它所有的温柔热烈，所有的关怀期盼，到头来竟是一场全然的落空，不过沦为青埂峰下一声悠悠的叹息罢了。

"唉——"

原来神明也不见得多高明嘛！就是因为女娲念头的一个闪失，苦苦累害了无辜。第一，她毕竟估计错了，天的伤痕只要三万六千五百块石头来补。第二，她自怜的私心不可恕，否则，怎么会平白多出了这一块？第三，石头就是石头，偏偏拣选锻炼，又付出全部的心血精神，以致石头通灵，有了觉知，于是要承受那不该承受的痛苦。第四，错误既已造成，女娲竟不能想出妥善的安排，加以弥补。天破补天，但对这第三万六千五百零一块石头呢？女娲却一走了之，一任它在青埂峰下自怨自叹。

暮色浓了。天上，星星冉冉醒转；地下，人间的炊烟、灯火纷纷密织起来。

在明暗、光影、动静的交合之处，石头感觉有什么东西渐行渐近。会是什么风云在酝酿呢？是不是将有什么要来袭卷这青埂峰的平静呢？

来吧！啊，请一定要来啊！

请来青埂峰吧！这样寂寞无人，真真是足以致死的窒息啊！

烟尘迷蒙中，地面的灯火微微摇晃。笑语对话，形体影像，隐隐进行着，一如越来越贴近的夜色。是灯火之处来的使者吗？那声音像是一种神秘的呼喊，那影像闪着新生的希望！

石头便像孩子一样，狂喜起来。

三生石畔

迈开步子，神瑛侍者转身离开了赤霞宫，他不能抑止自己的强烈渴望。

红色的云霞，潮水一般推涌着一轮火球，太阳就要落山了，犹如一个赫赫英雄的死亡，华美而悲壮。神瑛侍者就这么一径向着斜日沉沉的西方走去，像朝香客虔诚无比的圣山行。但他的心，却因为越来越强烈的渴望，以致微微疼痛起来。

他总是蠢蠢渴望着什么，然后又每每怅怅落空。长久以来，这样起、落、升、跌的往复循环，好像已经成为如影随形的习惯了。

第一个渴望，几乎在悠悠醒转的一刹那间就滋生了，那时神瑛侍者甚至没有一个正式的命名称呼，只是以庞大沉默的顽石姿态，在辽远的荒山，等待登天的使命。

渴望登天，登上天去，和自己亲爱的石兄石弟们，在伟大女神的护持下，被送上破裂的天空。而天，也会因为众石的补缀，而重建起原有的圆满与美丽。

而这个渴望毕竟是落空了。

然后是青埂峰渺渺茫茫、不着边际的岁月，在独自嗟叹里，顽石全然不解，究竟自己在天地宇宙间具有怎样的意义？烦怨痛苦之际的一个黄昏，夜色渐浓，星月初灯，突然从人间烟火处逐渐传来身影与笑语。

神瑛侍者继续前行，火烧之天犹留有最后的余烬。步履疾驰间，他便温习起当时的心情了——微微的不安，以及更大的刺激，新奇与亢奋。一个一个名字，一桩一桩故事，人间的名字，人间的故事，娓娓从夜空的深处中传来，远处的灯火扑扑打闪。多么有趣的一个去处啊！庙堂之上，有辉煌的迁升；江湖之远，有飘蓬的流浪。人间的庭园，风景无限，人间的女儿，千情百态；春天杨柳抽芽，冬天雪花纷飞；出嫁迎娶的喧嚷锣鼓，婴儿降世的嘹亮哭声……

"我一定要离开这个青埂峰！我要去向灯火烟尘的人间！"

又是一个迫切渴望的诞生，顽石认定两个来者必能救自己脱离这死寂之境。来者既然可以自如地从人间来，又自如地去到青埂峰，想来应是法力无边！

茫茫大士，渺渺真人，一僧一道，果真是法力无边的。最起码，他们确确实实带给顽石崭新的改变，以及另一个等待实现的承诺。

是女娲水去火来的锻炼，使得顽石通解了神灵，从混沌变为清醒灵敏，具备了各种的觉知。而渺渺真人、茫茫大士呢？当顽石突然打断他们对话，苦苦央求下凡人间的意愿时，两位竟然应允了顽石的恳求，虽然他们再三警诫：人间的快乐无比短暂，瞬息即逝，像彩霞霎时的流失，像琉璃在弹指间的粉碎。但谁管他这许多呢？只要能够脱离这毫无变化、毫无寄托的单调青埂峰，谁还想到以后又怎样呢？

而最大的奇妙，是真人道士两双手的指点比画，两张口的喃喃念语。本来顽石虽然具有相当的灵心，但无改于石头庞大的蠢质。突然之间，重新再造一般，顽石的形体也变化自如起来，缩小缩小再缩小，直到盈盈一握，不及巴掌之大；而且鲜明莹洁，分明一块美玉。还不止于此呢？他们在美玉上雕刻了字迹，于是成为一件"质美而文"的好东西。就从这一刻起，无论心性或形象，青埂峰的顽石真可以称之为通灵宝玉了。心性的意愿固然可以无边飞驰，而外形可大可小，变化自如，更是来去随意了。僧道应允过，有一天时候到了，会轮到美玉托生为人，好好一游，只是去到人间之时，不知究竟何时。

这以后，就开始四处徜徉，也更加了解起天上神仙国度的一个大概。

对于神仙的国度，通灵的宝玉一无留恋，它只是一心期待时候到了，总会轮到自己投胎为人的，虽然在漫无目的闲逛中，通灵宝玉闯入了赤霞宫；而赤霞宫的主人警幻仙姑十分友善，有心使它成为宫里的一员。如果不是人间的吸引力这么无法抗拒，留在仙姑的宫里也未尝不是一条出路，它已摆脱了单纯物质的无知无觉，蠢然不动，可说是修炼有时的仙物了。这仙物逐渐幻化人形，终有一天也是真仙的模样，但是它的心志并不在于此！

可笑的是，所要的得不到，不想的却偏偏来，通灵的宝玉逐渐幻化人形，而警幻仙姑更是以"神瑛侍者"封之。赤霞宫不是不好，比起冷清的青埂峰要好多了，至少还可以看见警幻仙姑，偶尔渺渺真人、茫茫大士也会造访。他俩来，神瑛侍者就知道——又是一次投胎转世的任务达成了，然而几度来回仙凡，却总不见轮到自己的时刻。

为什么总是在渴望之中，总是在期待之中呢？这次，会不会又重蹈上次的错误呢？一颗心惶惶悬在半空。

心虽惶惶，眼光却每每被日落深处的凄美给吸引了，神瑛侍者决心去探索那凄美的究竟。

水流潺潺，水光浮着最后的夕晖，神瑛侍者感到内心一阵温柔的牵扯。这就是传说中神秘的灵河吧！

他缓缓跪下，用双手掬起清凉，让水顺着眼睫流下，水珠迷蒙和手指的隙缝间，仿佛有什么在摆动着。那是什么，在那岸边的石上？难道也有另一颗孤独的灵魂，在凄美的终极苦苦等待什么吗？

他涉水狂奔而去，再度跪下，用双手小心地护持着，他甚至不忍夜风吹拂这柔弱的小小生命，

一株绝美的草！叶脉仿佛流着鲜碧的血液，红光凝聚，在逐渐黯淡的夜色里，反而是一种奇异的神采。神瑛侍者感觉那绛色的草，正以所有的气力在迸放着生命的律动，温柔的牵扯，微微的疼痛，但是一颗半悬的心突然有着落实的安定。这样荏弱又贞定的一株美丽植物啊！他的手顺着叶尖，又抚向草所寄生的石头，太阳的余热未散，一阵温热传来，是无比熟稔的感觉，他匍匐着，用颊贴着石，让叶尖轻轻撩拨眼睫，几乎要流下泪来。

水静静地流，英雄瞑目，夜色越来越浓。这样的寂寂无人

之境！青埂峰的孤绝，那种熟悉的痛苦又席卷而至，这次他不是怜惜自己，他是怜惜河边石上的这株孤草，因为自己太懂得被弃于天地之外的感觉了。

"就让我来照顾你吧！"

赤霞宫少了一个影子，灵河岸却多了一位殷勤的访客。神瑛侍者总是采集最新鲜的露珠，小小心心去滋润那绛色的草，这一切都那样自然，好像天生就是如此，天意原是这样安排。他原本有一腔的热爱无处可以投注，一直到这西方的灵河岸，他才像是将这热爱找到了归属。

这石就是三生石，一旦来到这石边，什么都无法抗拒、无法改变了，注定如此，从前生今生，一直到来生。

灵河流域的露水，在太阳、月亮最温柔的光亮下孕育而成，经由一颗真诚爱心的仔细灌溉，这仙境的草本是通灵解意的，随岁月逐渐修炼，也和通灵宝玉的幻化人形一样，终于化为女体，从绛珠仙草升格为绛珠仙子了。就像神瑛侍者一样，成为警幻仙姑属下的一员。

如果不是神瑛侍者，自己可能继续滋长下去吗？

绛珠仙草每每这样自问。

神魂化作女体，四处徜徉，渴了就啜饮咸涩愁滋味的海水，饿了就摘食几枚秘密情怀的青果。她最爱徘徊离魂天外，一边悠悠怀想神瑛侍者的款款深情，一边又苦苦寻思，如何来回报这样的一份真情。

前世已矣，今生亏欠。亏欠如此深厚的雨露灌溉的殷殷情意，那么只有等待来生了。

绛珠仙子开始渴望投胎下世，只有下世为人——"下世为人，用我一生一世的眼泪，来报答你三生石畔雨露的恩情，好不？你愿意么？用我自身酝酿的露珠，来回报你这辈子对我的呵护。我们，我们且待来生吧！"

纤丽的女体，渡过灵河，又悄然降临三生石畔，翕然、和顺的样子与那株绛珠仙草合而为一，叶尖微微垂着，优美无比的弧度，像含泪少女低垂的颈项。

那边，神瑛侍者正渡水而来。

正编

在人间的大地

远　客

船只缓缓驶入港口，就要停泊岸边。船行水间，一路悠悠晃晃。船上，林家女儿黛玉，正微微捂着一颗怦怦跳动的心，准备登岸。

奶娘王嬷嬷，还有从小跟在身边长大的小丫头雪雁，都在一旁伺候着。就这么两个熟人，其实也未必真的相熟热络，黛玉一直不容易和旁人打成一片。一个弟弟，才三岁就死了，她身子又单薄怯弱，受点风寒，就要躺好些日子。长这么大，阳光绿地，笑语喧哗，好像离她无比地遥远，经年累月的，就是永远挥散不去的药草熬炼的浓郁气息。母亲当然疼惜这个娇娇独生女，而父亲更是喜她清灵秀气、聪明伶俐，小小年纪就为她请了贾老师来家中任教。从笔画到方块，由简单而繁复，她进入了诗书的世界，心境才突然开阔起来；只恨自己体力太差，每每不能久坐案前。但她多么喜爱在那个世界里无边地驰想遨游啊，她诵读吟哦，感觉每一个字都在拨动心弦的震颤和怦然。她也喜欢被母亲轻轻揽起，让一双温暖柔软的手抚过她瘦伶伶的背脊，虽然母亲并不常如此。

只有在母亲的怀抱里，只有在诗书的吟哦中，她才能模糊感觉到一种幸福与安适。而学会做对子和简单的文章后，她的神魂更像生出了一对翅膀，高飞奋举，这是一种冒险激荡的快乐，尤其当老师父母再三惊叹时——在那一瞬间，病痛孱弱不能再恐吓她了，她会觉得自己甚至比一般孩子都要壮大结实呢。

然而母亲的怀抱已然冰凉了，母亲已是地底之人了，黛玉用绢子稍稍拭去微泛的泪水。在病榻前，小小孩儿是怎样竭力尽心啊！她捧着药，半跪着，将浓浓的汁液送入母亲的口中，她心里再三祈求，愿母亲长命百岁。但是，丰泽肌肤一寸一寸消逝，那一双软绵绵的掌心转为枯瘠干瘦，眼眸深处的神采一天黯似一天。病痛对她并不陌生，她就是从病痛里长大的。死也不陌生，死亡的阴影时常压着她稚小的心灵，然而死后的去处却令她恐惧害怕，并且她知道母亲一死，就撇下孤零零的她了。她不能接受这样的事实——失去一个所爱的人。

母亲去了，毕竟留不住的。黛玉陷在一种空茫荒凉之中，世上所有温暖的东西都和她绝了缘，她的身子更加虚弱，躺在床上，连书也不能看，更别说举笔案前。

父亲的神情似乎更萧索了。父亲把黛玉唤去，手里执着书信，告诉她，外祖母要她过去。外祖母的家！是母亲最爱诉说的床头故事呢！那些姊妹兄弟，种种脾气行径，每每被母亲津津有味地讲着。外祖母的家，慈祥风趣的外祖母，额前还有一个小坑，是小时候顽皮跌倒留下的。外祖母的家！大表姐最是性情端好，才德出众，早被选入宫中。外祖母的家，有一个淘气的表兄，出生时嘴里竟然衔了一块斑斓美玉呢……

外祖母的家！黛玉环顾自己的家，偌大的屋室，父亲一个人坐着，须发泛着芦花的斑白。清凉的空气，似乎隐隐飘来她屋里人参的淡淡甜香。

双膝落下，泪水一径流了下来：她宁可一辈子守着父亲，守着这幢屋子，她不要去那么远的地方，她害怕去见那么多的人。外祖母家繁华热闹，而她只是幽幽孤岸的一朵开向自己的花，她害怕去面对太多的声音、颜色和光亮呀！

父亲摇摇头，告诉她，自己已经将近半百，不会再为她娶一位母亲的。

"去吧！孩子！外祖母最疼的就是你母亲了，怎么会不宝贝你呢！傻孩子！那儿多好玩呀！念书、游戏、起居，多少有人照顾着，也省了你老爸爸操心，嗯！乖！听话！你母亲在地下也一定宽心安慰了。"

父亲请贾老师一路护送，也顺便让老师见见同宗的舅舅，并介绍到京城就任一个新的好差事。黛玉挥泪离开了家园，江水悠悠流着，薄雾冉冉升起。一阵寒凛扑向她，那边王嬷嬷已嚷着当心着凉了。

她跨着细碎的步履，双脚虽已落地，却还是舟行的悠悠晃晃，见到岸上守候多时的车马人轿，心里更加忐忑不安。在另一艘船上的贾老师，因为还有其他事情要办，和来人嘱咐了几句，就自行离开了。

这是贾府的来人，而她是林家的小姐，母亲提起外祖母家的骄傲自得，她一直不能忘，黛玉开始担心自己有什么举止不宜，落在别人眼里，招人笑话的地方，不能丢母亲的脸，不能丢林家的脸啊！

她小小心心坐在轿里，毕竟又忍不住好奇和新鲜，开始悄悄打量起这大都会来。人来人往，车行马驶，街衢市招，和她平日所见，大大不同，确实是缤纷而繁华的一座城。轿子行行转转，突然一对石狮迎来，威风凛凛，所镇守的三间朱漆大门，更是轩昂巍峨，晶亮的兽头门环，灼灼生光，连门前列坐之人也是华服丽冠呢。黛玉心里有数，读着正门所悬的匾，正是"敕造（奉皇命而造）宁国府"，果然和她所想不差，这是外祖长兄的寓所。正想着，西行的轿子已到了另一对石狮的门庭院宇，好个"荣国府"呀！外祖母家到了。

这也是母亲的家呢！黛玉稍稍感觉一份亲切，竟然要认真想象稚龄时母亲指点石狮的模样，才忍不住想笑，鼻子倒先一阵酸楚。此时她已是无母的孩子，而父亲又年迈，她一个人孤零零来投奔外祖母，一个可怜的女孩！

她巍巍走下轿，两旁已有仆妇来搀扶接引。

小小黛玉跨出了迈入贾府的第一个步履，抬头是美丽的垂花门，两旁长长的走廊环抱而来，向前看去，穿堂正中，一个紫檀架大理石的屏风……那后面该是怎样深邃富丽的所在啊！鹦鹉、画眉在廊檐下啁啾着，那些高大的栋梁，正以精致的雕刻与图绘静静凝视。帘幕低垂，红衫绿衣，影影绰绰，向她奔来：

"林姑娘到了！"

声浪掠过耳际，一张脸进入了眼帘。黛玉未及细看，只觉鬓发如银，便知这必是外祖母了。正要矮下身子，那张慈颜已经贴向自己，霎时就濡湿了彼此的双颊，嘴里喃喃着"心肝宝贝"。黛玉被拥入老人家的怀中。心情翻腾如海，泪水奔涌如泉。许多含泪的目光，将这一老一小给团团围住了。有人上来，轻轻分开祖孙俩，又悄悄递上绢子。

恭敬地长拜，又致意请安，黛玉算是正式拜见了外祖母。外祖母又替她一一引见——大舅母邢夫人、二舅母王夫人、珠大嫂子李纨；并吩咐她的表姐妹们也一起出来：既然远客光临，今天的课就不必上了。

和黛玉平辈的贾府四个女儿——元、迎、探、惜四春，其中元春大姐，现在宫中。黛玉对探春的印象最深——修眉俊眼，转盼之间，流露逼人的光彩，身材则是高挑修长。迎春呢，柔白圆润，文文静静，一副好好脾气的模样。最小的惜春，五官好像还没定型，也说不出一个确切的样子。三姐妹所穿所戴，都是一样的裙袄和钗环。

话题先绕着黛玉母亲转，又惹得贾母伤心起来。劝住以后，大家遂开始打量起远来的黛玉。

一看就知是个极聪明的孩子，一种说不出的绝佳气质。然而，袖袄衣裳似乎都不能掩饰这孩子的瘦怯荏弱，让人不自觉就怜惜起来，便问起她的身体与医治情况。

可怜的孩子，先天的体质就差，才会吃饭，药丸丹方就未曾断过。

"医生看了许多，药也吃了许多，身体一直好不起来。母亲说，三岁时，来了一个癞头和尚，嚷着要化我出家呢！父母哪里肯？和尚就说我的病，怕是一辈子也好不了了。除非，除非不许见哭声，不能见父母以外的亲人，这样子才能平安长大。他说话疯疯傻傻的，没人理他。现在我一直吃的是'人参养荣丸'。"

小小年纪，却款款道来，又清新又分明，让贾母不得不更疼爱这楚楚可人的外孙女儿，便吩咐说家里配药的，记得以后多为林姑娘配一料才好。

正闲闲谈着，清脆的一阵笑语从后院方向传来——

"来晚了！没能亲迎远客！"

屋里一片静默，个个屏息以待。黛玉越发疑惑了：这样放肆谈笑而来的，会是母亲故事里的哪一号人物呢？

　　先是一阵好闻的脂粉香。在簇拥的一群人中，独独先看见她，不只是因为她的服饰特别华丽别致，也是因为她耀眼的美丽，好像一团春光移入了室内，鲜明亮丽都组合到一块了。但在明媚的笑容之中，可以隐隐感觉到一种风威雨势的凛凛。这是一个美丽又危险的人物。

　　"呃，你不认得她，她可是我们这里顶顶有名的一个泼辣货呢！听人说过南京的'辣子'吧！你呀，只管喊她'凤辣子'就得了！"

　　贾母笑开了脸，向黛玉忙不迭地打趣着来人，黛玉倒是为难起来，不知究竟要怎样称呼才好。

　　"这是琏二嫂子！"探春替黛玉解了围。

　　黛玉立刻想起母亲说过：大舅贾赦之子贾琏，娶的就是二舅母王氏的内侄女，从小就被父母以儿子的待遇教养长大的，能干非常，胆量大，识见多，学名就叫王熙凤。

　　果真是个女中丈夫的气势，黛玉连忙上前施礼，喊了一声"嫂子"。

　　熙凤伸出自己的双手，很亲热地牵着黛玉，又上上下下细细端详了一番，再施施然送回贾母身边。她的眉眼，她的唇齿，开出春天的花朵，粲然笑着：

　　"天下真有这样标致的人儿！我今儿总算开了眼界！瞧这一身的气派，岂止是老祖宗的外孙女儿呢？根本是嫡嫡亲亲的孙女儿嘛！怪不得我们老祖宗天天嘴里心里放不下。——只可怜，可怜我这妹妹这么命苦，怎么姑妈偏就过世了呢！"

　　一阵雨打梨花，泪水扑簌簌落了下来。

"我才好了，你又来招惹了。你妹妹远路才来，身子又弱，也才劝住了，快别再提了！"贾母一旁笑骂着。

霎时间，雨过天晴，又是一片艳阳花开，熙凤自悲而喜，竟在转瞬之间！

"说得也是啊！我见了妹妹，一心都在她身上。又是喜欢，又是伤心，竟忘了老祖宗，该打！该打！"

这样热络灵活的人物，是黛玉生命中从未见过的。琏二嫂子又执起她的手，细细问她一番闲话，还要她不要想家，有什么需要就尽管吩咐。

有人摆上茶点，也是熙凤在张罗布让。二舅母又问了熙凤一些家中琐事，诸如仆人员工的月钱发放，什么后楼存放的衣料，等等。显然，熙凤掌管着家族里的大小诸事。

初来乍到，总不免一一拜见长辈亲人，黛玉随着大舅母邢夫人到了大舅处。大舅因身体不适，说是改日相见。邢夫人要她用膳，黛玉却惦着尚未拜晤二舅，非常有礼地辞谢了。

在二舅母处，黛玉慢慢啜饮着丫鬟送来的茶，一边等着王夫人，一边游目四顾。长身细腰的瓷器，时鲜花草，银红撒花的椅垫，猩红的洋毯……有一种自然舒坦的雍容。连那些送茶伺候的女孩们，也流露出一种与众不同的味道，不一样，毕竟是不一样啊！

来了一位丫鬟，红绫的袄子，青绸窄边的背心，很是和气地招呼她到里边坐，因为王夫人在里边等着。

"你舅舅今儿斋戒去了，不得空。反正来日方长，以后有拜见机会，不急嘛！不过，有句话，你可千万记着！"

二舅母原是闲闲说笑，一派轻松，但突然之间，又敛眉正色，非常认真地告诉黛玉：

"你的三个表姐妹都没话说，好相处得很，以后念书、认字、学针线，开个玩笑，也都有个分寸，不让人操心。独独有一桩，我最放心不下。你知道，我们家有个祸根捣蛋鬼，就跟'混世魔王'一样，烦都烦死人，祸事闯不完。你可要小心，千万别理会他，越理他越疯。今儿他去庙里还愿，等会儿你见了就知，你的几个姐妹们，没一个敢沾惹他的。"

这必然就是母亲常说起的那个衔玉而生的表哥了，黛玉嘴里含着笑，心里却有些委屈：

"舅妈说的，是不是就是衔玉而生的表哥？母亲常说，这位哥哥长我一岁，学名就叫宝玉，虽然顽皮些，但是对待姐姐妹妹们，却是最好不过的。再说，我来了，自然和姐妹们一处，弟兄们一定是另院别居，怎么说得到沾惹上去呢？"

"这个你就不知道啦！他和别人不一样，你外祖母最疼他，从小就和姐妹们在一处娇养惯了。若是别人不理他，也还好！就怕姐妹们和他多说一句话，他一高兴，便生出多少是非来，所以要特别叮嘱你啊！你只别理他，他一时甜言，一时有天没日，疯疯傻傻，千万别信他那一套！"

二舅母还絮絮叮咛着，却有丫鬟进来传话，说是老太太那儿开晚饭了呢。

摔 玉

放下筷子，厅堂仍是一片寂然，满室人影，却不闻一个微声的咳嗽。黛玉正暗自赞叹着，身后的丫鬟已经捧上茶来，她接过手，却想起自己家里的规矩。素来父亲总教她饭后要稍待片时，才可慢慢饮茶，如是，养身惜福，不致伤了肠胃。但这不是自己的家呀！少不得要随和些，打从上岸开始，她就这么小心翼翼，亦步亦趋，行礼如仪，唯恐出错。

才接了茶，又有漱盂捧来。看看别人，原来这茶是漱口用的。黛玉依样画葫芦，照章行事。再一会儿，二度奉茶，这才是正式饮用的茶。

贾母打发开二舅母，珠、琏二位嫂子，留下四个年轻女孩儿，有一搭没一搭说着家常话。

问黛玉读书没有，黛玉老老实实说刚念了《四书》。她想几个姐妹不知进度如何，就回问外祖母，没想到贾母只是轻描淡写：

"读什么书？不过认几个字罢了，不是睁眼瞎子就成了。"

匆匆步履的声响，打断了闲闲的对话。

"宝玉来了！"丫鬟笑着进来，告与贾母。

这个宝玉还不知是怎样一副嬉皮笑脸、吊儿郎当不长进的样子呢？黛玉在心里随意勾勒一个不堪的人形，她没忘记，刚才二舅母是怎样一本正经地叮嘱她，千万不要招惹这个"混世魔王"。

黛玉猛地被匆匆进来的"混世魔王"吃了一惊，不！毋宁说，她被自己吃了一惊。

这是个风采翩翩的混世魔王呢！紫金冠下一张神采飞扬的脸，气色极好，泛着健康的红色。帽箍齐眉，绣金的两条龙，正戏弄一双明珠。眉下的一对眼睛，极温暖极柔和的眼神，清亮的一泓水，盛着盈盈的笑、脉脉的情。颈间的璎珞，垂着五色丝绦绾系的一块美玉。

她习惯性微微捂着心，几乎害怕那剧烈的跳动会一下蹦出胸怀来。不只因为骇异来人出乎意外的英姿焕发；而是，而是灯下初唔一份奇异的熟稔，轻轻蹙起眉尖，黛玉努力思索着——

"好奇怪，会在哪儿见过呢？怎么这等眼熟？"

会在哪里呢？她恍恍惚惚，晕船的感觉。斜晖脉脉水悠悠，好像到了一个无人之境，水声潺湲，水花拍打岸边的一块孤石，点点清凉喷溅在石上的一株孤草上……

再睁开眼，水波退去，灯火下仍是一张明朗的脸。他头上的佩戴已经褪下，身上也换了家居便服。

"还没见过远客，怎么就脱了衣裳？快，见你林妹妹！"

宝玉长长作揖，这才闲闲坐定。

刚一进屋，就见一人在灯火众人里。但好奇怪，这个林妹妹明明在灯火众人间，偏偏又像远在灯火众人之外，玄远幽冥之中，竟似曾相识！

静静不动的当儿，是临水顾盼的一株娇花；稍稍举手投足，又像春风拂过嫩柳的枝丫，极其优美的一番韵致。宝玉被深深吸引了，嘴里却嚷着——

"这个妹妹，我曾见过！"

黛玉又是一阵心跳。

"可又胡说了，你何曾见过你林妹妹来着？"

做祖母最喜儿孙绕膝，忍不住就要抢个白、打个趣。

"没见过啊！说是没见过，但看着真是面善眼熟，就像久别重逢一样呢！"

"这样就更好了，相处起来不更要和睦亲爱些！"

贾母呵呵笑了起来，声音里流露一种自然的慈蔼。

宝玉索性坐到黛玉身边，一双眼专注看着表妹。

"妹妹读了书没？"

这回，黛玉却淡淡含混地答道：

"还没呢！只上了一年学，马马虎虎认几个字罢了。"

"请问，妹妹尊名是哪两个字呢？"

黛玉细声细气地回答着。宝玉又问是否别有字号，黛玉摇摇头。宝玉计上心头，一副喜滋滋的模样：

"我送妹妹一个字，不如就叫'颦颦'，真是妙得很，妙得很！"

"'颦颦'？可有什么来由？又是打哪本书上得来的典故？"

探春眼眸一转，突然插话过来，询问的口气，显出她与众不同的敏捷来。

"《古今人物通考》上的嘛！《古今人物通考》上说，西方有种石头，就叫作'黛'，'黛'可以用作画眉的墨呢！你看，这个妹妹的名字本来就叫'黛玉'，妹妹的一对眉头又总喜欢微微蹙着。而蹙眉就是颦，颦就是蹙眉，叫作'颦颦'正好点出眼眉的意思，也合了可以画眉的'黛'石呢。"

"得了！得了！才不信古书上有这么一款。听你胡诌，准是啊，自己无中生有随意编派的，对不对？"

　　探春一点也不放过她同父异母的这个哥哥。宝玉倒是哈哈大笑起来：

　　"你想想，除了《四书》有凭有据是圣人说的，又有哪本书，不是作者自己想出来的，编出来的？怎么着，别人这样就成，偏我不成？"

　　宝玉不再理会探春，又转身过去，款款问道黛玉可也有玉没有。黛玉见这话问得突然，心里猜想，一定是因为表哥自己有玉，所以要这样问她。

　　"玉，我可没有。又不是普通的东西，这么样的稀奇宝贝，哪里是人人都有的呢？"

　　唰——宝玉站起身来，狠狠摘下颈间的美玉，说时迟那时快，就已重重把玉摔在地上了。那姿态一反刚才的温文，几乎是一种粗暴和伤心：

　　"什么稀奇的宝贝？连人的好坏美丑都分不清，还说什么通灵不通灵？我也不要这个鬼东西了！"

　　平地爆起一声响雷！大伙儿都被这个举动给吓着了，也不理会玉的主人如何气急败坏，伤心欲绝，倒是一窝蜂都挤到地上拾玉去了。只有贾母心疼地紧紧搂着她最为钟爱的孙儿，好言好语地百般安慰：

　　"你这要命讨债的，要生气，打人骂人都随你，干吗好端端地要惹那块玉？那是你的命根子呀！"

　　宝玉满脸是泪，一边哭，一边喊：

　　"家里的姐姐妹妹，没有一个有玉的，就只我一人有，我早就觉得好没意思啊！今儿来了林妹妹，这么神仙似的好模样，一问起来，也是没玉，那个玉还会是什么好东西？"

　　"谁说你林妹妹没玉的？她也有啊！只因为你姑妈过世，舍不得你林妹妹，也没法子，只好变通一下，把妹妹的玉也带了去。一方面，就添作陪葬的礼物，算是你妹妹一番孝心。另一方面，你姑妈在天之灵，也因为玉的陪伴，就像见着你妹妹一样。你林妹妹说没有，是她客气，不好夸大。你的情形怎么能和她比？还不好好小心戴上？小心你娘知道了，看你怎么办？"

　　哄了这番话，贾母又向丫鬟接过玉来，亲手替宝玉戴上，宝玉止了哭，因为觉得祖母的话大有道理人情在，再闹下去，就是自己不懂事了。

　　总算云散雷隐，一场风暴过去。王嬷嬷进来询问有关黛玉卧眠休息的琐事，贾母的意思是让宝玉暂时搬出，跟着祖母一处，黛玉就先在宝玉原来的地方，等残冬过了，天气暖时再做安排。宝玉不肯，执意要留在原处，贾母想想，也觉没什么不妥。就依了宝玉的意思，让这两个孩子同处一室。

　　这才是第一天，但已够柳暗花明、峰回路转的了，黛玉早觉体力不胜。然而倚在床榻，却是不能即刻安歇，倒是在那儿默默垂泪起来。

　　她这么努力辛苦一场，到底是徒然的。她是怎样力求随和从俗，不要显出生分突兀，但最后一句没有玉的诚实答复，毕竟还是惹出一场风波。

　　她纤柔的颈项低垂着，呈现优美的弧度，眼泪涌出，露水一般沾满了眼睫双颊。贾母刚刚派给她的丫头紫鹃在一旁劝解着，黛玉却不能释怀。万一宝玉出手重了，玉给砸坏了，那么，岂不是她的罪过？

黛玉想到这儿，越发抽抽搭搭哭个不止，雪雁、王嬷嬷早已习惯黛玉这种爱哭的毛病，懒得搭理。倒是紫鹃，方才认了主仆，就死心塌地等候女主人。

那边宝玉已经睡了，大约没想到摔玉的风波虽已解除，带来的雨水却仍绵绵不止。先前在王夫人处看见红绫袄的丫鬟悄悄走到黛玉这边来，她是在宝玉身边服侍的袭人。原来跟着贾母，现在跟着宝玉，尽心尽职的一个女孩，看见这里人灯未静，不免要来探问探问。

紫鹃说了缘由，袭人哑然失笑：

"姑娘快别这么着！以后只怕比这个更奇怪的笑话还有呢。如果为这些莫名其妙的事伤心，那可有伤不完的心了，快别多心了。"

黛玉稍稍止住了泪，这么一来，她倒是对宝玉的那块玉，以及整个人好奇起来了。

梦里迷情

冬季日午的阳光，黄澄澄的迟缓温暖。园里的梅花正盛，一片清芬。宝玉跟在祖母身旁，和大伙儿在这东边宁府赏梅，一边还品茶饮酒，从早饭过后，闹了有大半日了。这一刻，突然感觉睡意爬上眼帘，眼皮就要搭下来了，好困哪！

贾母看他那副模样，立即招呼人来，好好服侍他休歇一会儿。

婷婷袅袅走出了秦氏，笑吟吟上前来，再三请贾母放心，一口承诺这事。贾母见是她，也就宽心下来。秦氏年纪轻轻，相貌好还在其次，做事说话尤其温柔有分寸，乃东府主人贾敬的孙媳妇、宝玉侄儿贾蓉的妻子，是大伙公认的好，在平辈中，无人可比。

人影晃晃，宝玉和奶娘丫鬟一行人，随着秦氏，登阶穿廊，进到屋室。他睡眼蒙眬，却可以感觉前行一个款摆有致的女影，而此刻，他正循着她芬芳佳美的履痕，缓缓前行。

没来宁府前，他左一句右一句和黛玉赔不是，终于使得她的一张泪脸，逐渐有了明朗的晴意。这个妹妹一恼起来，就泪涟涟的。每次都是这样，才吵过嘴，宝玉就后悔不止。他不忍心病痛虚弱外，还要让黛玉再承受心情上的折磨，这么一个孤零零的人儿，爹娘不在身边，是不能受任何一句重话的，所以总少不得自己说尽好话，赔尽笑脸。但他多么怜爱林妹妹孩子气的表情，尤其在他面前，没有一点的做作，要恼就恼，说哭就哭，也就有他这个二哥哥，可以让她真正破涕开怀。而吵后和好，那份亲密又胜过未吵之前。

然而是今早吧！当秦氏和贾蓉一块来请祖母过东府去时，宝玉突然有了另一种感悟，好像自己身上某些沉睡的细胞，一下子被唤醒过来。他被秦氏身上一种神秘的东西给强烈吸引住了，这是他十几岁生命里，从不曾有过的奇异经验。

从小，他就生活在一个女性王国里。久了，他也只习惯于女性王国里的干净和美丽，或者要这样说：根本这就是天性使然。家里年长的，常爱重复他的一些奇特行径，当然衔玉而生，最是一桩奇闻。另外，像他周岁的汤饼宴上，父亲贾政要试他志向，摆上各种玩具和生活用品，就巴不得小小孩儿会抓起纸墨笔砚的，偏偏他那一双胖胖小手，就只是舞向脂粉钗环。这一来，老爸气得吹胡子瞪眼，一颗心霎时冷了下来，直觉这儿子不过酒色之徒，断无出息与成器之理，等宝玉稍大以后，管教更是严峻有加。

对宝玉而言，所谓的男人，不过一团污泥，浊臭逼人，涎着一张脸，眼里露着贪婪，对于美色巧取豪夺，一旦到手，又横加糟蹋，全无爱惜之意，他厌恶极了。而自己的父亲，宝玉只要想起，背脊就一阵森冷，父亲的世界阴森不见春日，是一个好远好远的冰谷，他一步也不敢前行。

只有女孩，尤其是未曾出嫁的女孩，没有沾染一丝臭男人的气息，像泉水一样清新洁净纯美。宝玉一见，就感无比爽快开心。

女孩之中，他最感亲密的，自然是林妹妹。打从第一个照面起，宝玉就奇异地感觉到他们彼此生命的强烈相通，这世上，唯有林妹妹，是值得他用全部的心灵去呵护去关爱的。

但今天当他看到了秦氏，嘴角噙着蜜一般的甜美笑容，声音里是一份说不出的温存与体贴，尤其举手投足、转身顾盼之间，那种律动与节奏，圆熟而优美，像是刚刚启坛的美酒一样芳醇温甜，宝玉觉得一阵微醺的晕眩。

步履停下。宝玉抬头就见一幅勤学苦读的画面——汉朝刘向黑夜诵读，旁边一个执藜杖的长者，幽幽火光自杖头燃起，替这夜读的学子照明——"燃藜园"。宝玉皱皱眉，兴致顿减。再看旁边的对联：

世事洞明皆学问，人情练达即文章。

他转身就走，全然无睹室内的精美华丽。难道平时这些大道理还不够烦人吗？

"这里还嫌不好啊？那要往哪里去呢？——要不，就往我屋里吧！"秦氏含笑建议。

一个年长的嬷嬷认为不宜——"哪有叔叔在侄媳妇处休息的？"秦氏却不以为然。

"不怕恼了他，他能有多大呢？我那个弟弟不和他同年吗？要站在一起，恐怕要比他高哩！"

秦氏落落大方，语气里有份大姐姐的调侃味道。宝玉倒是留心起话里的少年，姐姐既是这么好，弟弟一定相去不远，又和自己同岁，怎么不曾见过？这个人物必不能错失才好。

还未深入秦氏屋里，先就一阵细细甜香，宝玉的眼睛像给蜜糖糊住，身子酥软，就要倒地不起了。

壁上，丰腴美丽的杨贵妃，轻纱掩抑下，沉沉甜睡着，这是唐伯虎有名的《海棠春睡图》。秦观的一副对联，恰似两旁护花的使者：

嫩寒锁梦因春冷，芳气袭人是酒香。

一个纯粹而成熟女性的香闺，每一个小小的摆设、装潢，都是无限旖旎的春光。镜、盘、榻、帐，辉闪迷人的光彩，喃喃唱着一些古老的甜歌。

"好！好！好！就这儿最好！"

"我这屋里，就是神仙来住，也不致辱没吧！"秦氏展开纱衾，并移过一个鸳鸯枕，命四个丫鬟一旁看好，眼见宝玉安妥躺下，这才款款离去。

仿佛仍是循着秦氏芬芳的行踪，宝玉不知不觉行到一个绝佳之处，清溪水慢慢流过，群树鲜碧，白玉的阶梯，朱红的栏杆，空气清新，犹如天地初生，没有一丝人烟。

远处传来柔美清越的歌声，声音未止，却走出一位出奇美丽的女子，宝玉知道他已经到了神仙的世界。

原来神仙是警幻仙姑，常驻太虚幻境里，专门掌管人间男女感情的债务。最近，意乱情迷、苦恋痴爱的事情特别多，而且都郁结在一个地方，仙姑正在查访探询途中，却意外逢到了宝玉。警幻倒是十分亲切，她邀宝玉去太虚幻境，品味她亲手采酿的仙茶美酒，欣赏一下仙歌妙舞。

宝玉喜不自胜，早已忘了秦氏，就兴冲冲跟着仙姑而去。

走没多远，迎面一座石牌坊，横书"太虚幻境"四个大字，两边一副对联：

　　　假作真时真亦假，无为有处有还无。

转过牌坊，一座宫门，这次的四个大字是"孽海情天"。宝玉上前细看对联：

　　　厚地高天，堪叹古今情不尽。
　　　痴男怨女，可怜风月债难偿。

心里一阵迷雾升起，对于这些古今情、风月债，什么真、假、有、无……宝玉觉得迷迷糊糊，懵懵懂懂的。

人间的感情繁多复杂，竟成为天上神仙专司的公务了，幻境里边，一行一行办公的处所，都标明各种感情的类别。宝玉啧嘴称奇，很想进入里边，一探究竟。警幻仙姑却告诉他，这里的文件簿册是最高机密，登录人间所有女子的过往和未来，宝玉是肉眼凡胎，不宜先睹。这么一说，宝玉孩子气的好奇心越是勾引出来了，他哪里肯从，苦苦央求再三，仙姑被他缠得没办法，只好让他在"薄命司"里，随意浏览一会儿。

所谓"薄命司"，原来是"春恨秋悲皆自惹，花容月貌为谁妍"，恨悲原是自寻烦恼，而容貌又为谁美丽呢？宝玉读了对联，心里已经叹息不已。再看屋里的大橱，都被各种地名的封条封起。他一心只想拣自己家乡的看，果真有"金陵十二钗正册"。

警幻说，一乡女子虽多，但只选录最为重要的十二名，其次的在"副册"中，再其次的在"又副册"中，如此类推。

宝玉打开副册，才翻首页，只见满纸乌云浊雾，后面有几行字。第二页则是一簇鲜花，一床破席，依然有几句言词。云雾画的配字是什么"心比天高，身为下贱"，什么"风流灵巧招人怨，多情公子空牵念"。那鲜花破席的则是什么"枉自温柔和顺，谁知公子无缘"。

摇摇头，疑惑不解，宝玉拿起"又副册"来。

一株桂花，一池水涸泥干，莲枯藕败。

根并荷花一茎香，平生遭际实堪伤……

他仍在迷雾之中，只好又换正册。

第一页——两株枯木，悬着一团玉带；一堆雪，雪下一枚金簪。

可叹停机德，堪怜咏絮才。玉带林中挂，金簪雪里埋。

这些画面，和画后的话，好像蕴藏无限的神秘，为什么孟母停机课子的母德要让人叹息呢？这样有德的女子会是家乡里的哪一位？难道具有六朝谢道韫一样才女的文采也要让人哀怜吗？这些又和林里的玉带、雪中的金簪有着怎样的关系呢？

好难解的谜！他有一肚子的问题要问，但知仙姑决不可能理会。算了，看也看不懂。但是，这些字这些画又在冥冥中向他殷殷招手，他隐隐约约感觉其中的某种牵连，好像和自己的命运息息相关着。

他一页一页地翻阅：一把弓，一枚佛手的果子；一名舟中哭泣的女子；几缕飞云，一湾逝水；落在泥淖中的一块美玉；被恶狼追扑的妇人；古庙读经的少女；冰山上的凤凰；荒村纺绩的美人；茂兰边凤冠霞帔的新妇……

一双纤手掩起卷册，警幻笑着收拾。宝玉已不能再看，只好随着来到后面。

这里才真让宝玉深切体会出仙境的风光，但正看得有味，警幻已笑着要众仙们来迎接贵客。

一群仙子兴冲冲出来，才见宝玉，就连声抱怨：原以为贵客是绛珠仙子的生魂重游旧地，怎知引来浊物，白白污染了清净的女儿国。

　　宝玉止步垂首，羞惭不已，觉得自己好像真的污浊不堪。警幻牵起宝玉的手，向仙子们委婉解释：原是要接绛珠来的，只因路过宁府，恰遇荣宁二公之灵，再三请求好好开导这后世嫡孙的宝玉，这孩子虽然灵慧，但所行所想，惊世骇俗，家族的希望本来只可寄托在他一人身上，就怕他误入声色的歧途。警幻感于二公的苦心，这才领他来此。先让他看家乡女子的簿册，希望他能体悟出什么生命的训诲，无奈他依然懵懂，只好再引他来此，满怀耐心，一步一步慢慢开他蒙昧。

　　在幽香的一间屋里，宝玉分别啜饮了"千红一窟"的香茗，以及"万艳同杯"的美酒，宝玉赞叹不已。这茶这酒都是仙境里百草千花所制，听这名字，就像"千红一哭""万艳同悲"一样；毕竟是女儿国里的宝物，但不知怎的，美丽之中，竟要生出无名的哀愁来，就像刚才所有画面与诗词的感觉。

　　十二位女孩轻敲檀板，款按银筝，一时弦歌升起，警幻向宝玉解释：这组音乐就叫《红楼梦》。

　　　　开辟鸿蒙，谁为情种……

　　　　都道是金玉良姻，俺只念木石前盟……

　　　　……若说没奇缘，今生偏又遇着他……一个是水中月，一个是镜中花……

　　歌声哀婉，宝玉虽不能确实把握词曲的含意，一颗灵魂倒也在节奏旋律间悠悠飘荡：

　　　　望家乡路远山高……天伦啊，须要退步抽身早。

一帆风雨路三千……奴去也，莫牵连……

机关算尽太聪明，反送了卿卿性命……忽喇喇如大厦倾，昏惨惨似灯将尽。呀！一场欢喜忽悲辛，叹人世终难定。……

欠命的命已还，欠泪的泪已尽……看破的遁入空门，痴迷的枉送了性命。好一似食尽鸟投林，落了片白茫茫大地真干净。

宝玉的心魂也进入一片空茫之中，漫无边际。十二名女孩还要再歌，警幻看宝玉脸上的茫然无知，慨然叹道：

"痴孩子，你还没开窍啊！"

宝玉早已挥手表示不用再唱了，此刻他只昏昏欲睡。

卧榻之好，不用细说，更令人吃惊的是一名女子早在守候，那美丽是宝玉目所未睹的。不久前，薛姨妈和表姐宝钗住进贾府，大家都说这宝钗长得好，依宝玉看，这床边的女孩竟美到无可挑剔，综合了宝姐姐的鲜艳妩媚和林妹妹的袅娜飘逸。

他正不知床边女孩何许人也，警幻倒是开起口了，语气十分严肃。

警幻正色告诉宝玉，她之所以这样看重宝玉，是因为宝玉是"天下第一淫人"。

一个闷雷击上心坎，宝玉惶惑不已。忙忙分辩：自己懒散，不爱读书，单此一项已够父母再三管教，哪里敢再担当"淫"之名？再说，年纪尚小，根本不解"淫"为何物。像警幻刚才说的"好色即淫，知情更淫"，乃至"巫山云雨，悦色恋情"，自己一点边也沾不上呀！

警幻忙忙挥手，又一字一句解释给他听。

宝玉被称为"淫"，又大大不同于天下任何一位男子的"淫"。本来，追求美，然后从身与心的两相契合，去完成的美的追求，充分体悟美的感受，该是最最庄严神圣不过的。而天下之美，又无过于女性。只可惜普天下的男子，只停留在耳目感官一时的满足刺激，欲念一起，便起掠夺之心，然后又随手丢弃。如此，这份追求永远是短暂无比、粗俗肤浅的，白白玷污了原有的庄严美好。

只有宝玉，宝玉的"淫"是"意淫"，是对天下所有美善的由衷向往，真诚追求，并珍重宝爱，是能欣然赏爱，都不必据为己有，可以说是没有掠夺性、伤害性的一份企慕之情。只是宝玉这样特殊脱俗的感情，世上之人未必懂得，不仅不懂，而且还要百般笑话。像宝玉这种男孩，只能作为闺中少女的好朋友。既然警幻受托于宝玉先人，遂不忍心让宝玉只能独存于闺阁世界，而被弃于广大的男性社会和一般的群众。

"所以我来，让你品好茶，饮美酒，赏仙曲，现在更要将我的妹妹，小名叫兼美，兼天下至美的可卿妹妹，许配给你，你们今晚成婚，让你享受所有仙境最美好的快乐。曾经沧海之大，也就无睹于其他小水小河；登罢五岳，没有什么山可以放在眼里。我是要你知道，仙境至美的风光不过如此，那么你再回人间，就不会再留恋于男女情爱，如此，收心读书，考研孔孟圣贤，以经国济世为大志。我呢，也就不算辜负你先祖在天之灵的重托了。"

话才说完，又嘱咐宝玉如何体贴爱惜可卿，宝玉在她推送下，跌进了温柔之乡，而警幻早已掩门而去。

　　宝玉轻轻咬着可卿玲珑的耳垂，悄悄说一些甜蜜温存的情话，可卿柔顺地倚着他。他们从一个奇妙的经验中蜕长出来，此刻正要携手外出。

　　怎么开始听见狼嗥与虎啸？并且荆棘榛莽以一种凶猛狰狞的姿态，扑上眼来。前面一条黑溪，浊浪呜呜低吼，连一座桥也没有。可卿的小手紧紧牵着他，宝玉迟疑着，不知如何是好。

　　有人影匆匆奔来，是警幻！

　　"不要再走下去了，快快回头才好！"

　　"这到底是什么地方？"

　　"这就是'迷津'，深有万丈，绵延千里，舟船不通，只有一个木筏，上有乃木居士掌舵，灰侍者撑篙，不受金银之谢，只渡有缘之人。你既已到了津口，如果再沉沦下去，就太辜负我一番谆谆教诲的苦心了。"

　　说话间，黑色水浪涌起雷鸣，一些青面的夜叉海鬼硬拖住宝玉，宝玉一声冷汗，高呼：

　　"可卿救我！"

　　"不怕噢！不怕噢！我们都在这里陪你呢！"

　　宝玉睁眼，却见袭人她们环拥过来，并用手轻轻抚拍着。正在廊上招呼小丫头的秦氏，突然听到宝玉在梦中呼唤起自己的小名，梅花的清香扑向鼻间，她的人却像迷失在雾里，竟是深深地不解与迷惑呢！

金锁印象

午睡时分，整个大家庭也顺便打一会儿盹，家里显出白天罕有的安静。宝玉原想再过东府去听戏，但已扰了一个上午，秦氏又是一个最最周全的主人，宝玉是轻松去看戏，却累得主人百般招呼，还是算了。秦氏和东府的梅花、戏班一样，隔一阵子去远远欣赏那香味与精彩，这样也就够了。

他抚抚颈间的玉，想起梨香院里新来的宝姐姐，最近她好像身子不舒服呢！前两天，管家妇周瑞家的（按：指周瑞家里的人，就是周瑞的妻子，简称周瑞家的，余则类推），到各处送簪花时才听说起。当时林妹妹也在场，宝玉怕她多心，只好托周瑞家的口头问候一声，想想今儿有空，就亲自走一趟吧！

他嘴里没说，别人也只当又要去东府看戏，宝玉担心中途遇见别人，又平白缠上一些无聊的应酬，更害怕遇见他父亲，就宁可绕静僻的远路去。

不巧还是遇见常来家里走动聊天的闲客，一见宝玉就抱腰携手，问好请安，啰唆了半天，好容易摆脱开了，跟着宝玉的老嬷嬷突然想起什么似的，就问他们是不是往政老爷那儿去。两人看着宝玉，说老爷在歇中觉，不打紧，一脸了然的表情，看得宝玉倒是笑了起来。又转弯向北，可巧又遇见一群管事的，少不得又围拢上来，笑夸宝玉书法好，门屏窗扇贴上的吉语方块，都是有目共睹的，要宝玉赏他们一些，宝玉也一一答应了。

好容易来到梨香院，薛姨妈正教丫鬟们打点针线呢！姨妈王氏，是宝玉母亲王夫人的亲妹妹，丈夫已逝。兄长王子腾，最近升官做了九省统制，奉命出京查边。于是，携子薛蟠及女儿宝钗来投奔贾府。此刻宝玉上前请安，姨妈一把拉了他，抱入怀中，万分疼惜，直嚷难为大冷天还来梨香院。又殷勤张罗茶水，要他舒舒服服坐在炕上。

宝玉先问起表哥薛蟠。说起这表哥，姨妈不免头痛。他是第一个有名好吃、会玩，专门惹是生非的大爷，诨名就叫"呆霸王"。最近才为抢一名女孩，打死对方的未婚夫，吃上了官司，不是因为薛家财富势大，又和地方上史、贾、王这几个豪族有亲戚关系，也不会如此轻易了结这事。这个无父的独子，从小就被宠，不知天高地厚，麻烦惹得够多了。

"唉，他是没笼头的马，天天四处逛得不空闲，哪里肯好好坐在家里一刻钟呢？"

"那姐姐呢？身子可好了？"

"可不是呢！多亏你费心，前儿打发人来问。她在里边屋里，你去吧！那儿暖和些，你坐着，我收拾一下就来。"

宝玉往里间去，半旧的红绸软帘垂着，宝玉掀开，看见在炕上做针线的宝钗。

黑发挽起，却不掩其发质的闪亮，一身家常的衣裙，蜜合色的棉袄，葱黄绫子的棉裙，外罩玫瑰紫的坎肩。她娴静地坐在那儿穿针引线，眉眼唇颊，都露着自然鲜亮的颜色，比起黛玉，又是另外一种动人的风采。

一张圆脸，甜美外，还显得舒怡。

"姐姐可好了吧！"

"多谢惦记，已经好了。"宝钗起身相迎，吩咐莺儿斟茶，

红楼梦：失去的大观园

一边分别问各个长辈亲属以及姐妹的安。

宝玉仍是冠帽齐整，因天冷，穿上狐毛的外套。宝钗的目光还是落在他颈间的那块玉上：玉系在五色蝴蝶鸾绦上，上面还有长命锁、寄名符。

"一天到晚就听说你的这块玉，到底没有仔细看过，今儿倒要细细端详。"

宝钗挪近了一些，宝玉也凑上前去，摘下玉来，递给宝钗，宝钗小心托在掌心。

雀卵般大小，莹润光辉，五色花纹缠护着。

"玉不琢，不成器。"顽石和宝玉，不过一指之差，全在琢磨而已，玉的前身，不过也是荒山里粗粝的石块罢了。石和玉的悲剧，久远以来就流传着，荆州的璞玉，却让知者去肢残伤；琢磨以后的和氏璧，又一再引起连天烽火。而此刻宝钗掌心的宝玉，又将演出怎样一段曲折呢？

宝钗含笑细读玉上镌雕的字迹，正反两面分别是："莫失莫忘，仙寿恒昌"；"一除邪祟，二疗冤疾，三知祸福"。

她在手中把弄沉吟，又重新翻过正面细看，口里不觉喃喃念着：

"莫失莫忘，仙寿恒昌。"

反复两遍，回头轻轻向莺儿娇嗔：

"还不倒茶去？在这里发什么呆？"

莺儿嘻嘻笑道："我听这两句好耳熟啊！好像和姑娘项圈上的两句话是一对儿嘛！"

宝玉一听，忙笑道：

"有这回事？原来姐姐项圈上也有八个字，让我也欣赏欣赏吧！"

"你别听她的，没有什么字！"

宝玉越发不能罢休，执意要看，宝钗拗不过了：

"也是一个人随便给的两句吉利语，所以就錾在金锁上，还吩咐天天戴着。不为这个，谁耐烦戴？沉甸甸的，有什么趣？"

一边说着，一边已经解开排扣，从里边一件红袄里取出项圈来。宝玉托着锁，金闪闪的，还传来宝钗身上的体温呢。

锁的正反两面，果真也有两句吉祥话：

"不离不弃，芳龄永继。"

"嗯，'不离不弃，芳龄永继'！'莫失莫忘，仙寿恒昌'！"

宝玉反复念了两遍：

"姐姐这八个字倒和我是一对。"

"是啊，是个癞头和尚送的呢！那和尚还说，一定要錾在金器上——"

宝钗不等莺儿说完，又轻叱着她还不倒茶去，并把话题岔开，问宝玉从哪儿来。说话时，柔柔的红晕渐渐染上两颊，有点不好意思的样子。

宝玉和宝钗坐近时，才觉察到一阵幽香，凉森森甜丝丝的。

"姐姐熏的什么香？我从来也没闻过这味道呢。"

"我最怕熏香了，好好的衣服熏得烟燎火气的。"

"不是熏香，那又是什么呢？"

"这个——噢，有了，一定是我早起吃了丸药的香气。"

宝钗有个毛病，从小起常年就犯喘嗽，还是一个和尚给了个"冷香丸"的药方，是用春夏秋冬各色花蕊，加上雨露霜雪调制而成，非常麻烦难得的一剂丸药。

"什么丸药这么好闻？好姐姐，给我一丸尝尝嘛！"

"又混闹了，药也是瞎吃好玩的呀！"

宝钗正笑骂着，却被"林姑娘来了"的禀报声给打断了。

说着黛玉已经进屋来了，以一种年轻女孩特有的款摆步履渐渐移近：

"哎哟，我来得不巧了！"

黛玉的笑声里，微微流溢着酸味，宝玉早已起身让坐了。

"这是怎么说呢？"宝钗当真问了起来。

"嗯，早知他来，我就不来了。"

"这，我就更迷糊了！"

"这有什么不懂呢？要来嘛都来了，要不来嘛一个也不来。今儿他来，明儿我来，间错开了来，岂不天天有人来吗？也不致太冷落，也不致太热闹。——姐姐又有什么不懂的呢？"

宝玉看黛玉外面罩着大红羽缎防雨雪的对褶褂子，有意转开话题，便好心问：

"外面下雪了？"

早有婆子应道，飘了大半天了。

"那我的斗篷可准备好了没？"

"这就是啰！看，我才来，他就该走了。"黛玉脆笑着，却像在挑战。

"谁说我要回去？我不过拿来准备着。"

倒是李嬷嬷上来建议，下雪了，何妨就多留一会儿，她叫人去取斗篷，让小厮们都散去。

薛姨妈准备几样细巧的茶食，留他们喝茶吃果子，又取出宝玉爱吃的糟鹅掌，宝玉觉得这样的好菜要下酒才过瘾，那奶娘却上来啰唆。薛姨妈替宝玉说好话，一口担当"老太太问起，有我呢"，并打发李嬷嬷和小丫头们一块喝酒。

宝玉急着喝酒，懒得等烫暖，就嚷着他只爱喝冷的。薛姨妈不许，因为喝冷酒，写字手会打颤。宝钗也好言好语笑劝着——酒性最热，要是热吃下，发散的就快；要是冷吃下去，便凝结在内，必得用五脏去暖和它，自然伤身体："还不改了旧习惯？从此别吃那冷的了。"

一席话合情合理，宝玉放下冷酒，让人烫暖了才饮。

黛玉嗑着瓜子，只管抿着嘴儿笑，颇有一种深长的意味。可巧雪雁这时送暖手的小手炉，黛玉笑问：

"谁叫你送来的？真难为他费心了。——哪里就冷死我了呢。"

"紫鹃姐姐怕姑娘冷，叫我送来的。"

黛玉接了，抱在怀中，仍然笑着：

"也亏了你，倒听她的话！我平日和你说的，全当了身旁风；怎么她说的，你就依？比圣旨还快呢！"

这话中有话的讥讽，宝玉当然了解。黛玉是声东击西，存心奚落他，根本还是介意他说也没说，就单独来看宝钗了。宝钗呢？早知黛玉平时说话的习惯，也就见怪不怪了，雪雁是倒霉，平白被女主人数说了。只有薛姨妈，全然不解这其中的乾坤奥妙。

"你平时身子单弱，禁不得冷，她们挂记着你还不好？"

"姨妈哪里知道？幸亏是在姨妈这儿，倘或在别人家，那不叫人家恼吗？难道别人家就连手炉也没一个吗？还远巴巴打自己屋里送来，别人不会怪小丫头不小心，倒会指责我平时轻狂随便惯了。"

黛玉振振有词。也只有她这样的心眼才会想得这么多这么细，也只有她绝顶的机灵，才会在一瞬间，无中生有说出一大套，连薛姨妈也要说她多心了。

说话间，宝玉已经三杯下肚了。李嬷嬷又上来阻拦，宝玉心甜意洽之际，加上姐妹们说笑，哪里肯依，再三求告，李嬷嬷使出了杀手锏：

"你可仔细！今儿老爷在家，小心他问你的书！"

一盆冷水泼了下来，宝玉垂着头，慢慢放下酒杯，再也不言语了。黛玉连忙说：

"别扫大伙的兴！舅舅若叫，只说姨妈这里留住你就得了。这李嬷嬷，老寻我们的开心！"一边又悄悄推宝玉，叫他赌气，偏偏就喝，一边又呢呢哝哝：

"别理那老东西！咱们只管乐咱们的！"

李嬷嬷知道黛玉素日的为人，就正言请黛玉不要一旁助宝玉酒兴，如果她劝宝玉不喝，只怕宝玉才真的听呢。黛玉又笑了，这回却是一声冷笑：

"我凭什么助着他？——我也犯不着劝他。你这嬷嬷也太过敏了，平时老太太又不是没给过他酒吃。哦，如今在姨妈家多吃两口，又妨了什么事？我知道了——一定是因为姨妈是外人，根本就不该在这里吃，我猜得不错吧！"

李嬷嬷听了又是急又是笑，只得叹气，说黛玉"一句话，比刀子还厉害"。连素日温静娴淑的宝钗，沉默了大半天，这会儿也忍不住笑着，向黛玉腮上一拧：

"真真这颦丫头的一张嘴，叫人恨也不是，喜欢也不是！"

这一拧算是报了刚才在口角上受的闷气。

薛姨妈有心好好款待小辈，把李嬷嬷遣开，又端出可口的酸笋鸡皮汤、碧粳粥，宝玉吃得痛快。这还不算，饭后还有酽酽好茶，这一下午，梨香院之行，可谓不虚了。

"你走不走啊？"黛玉看着天色，问向宝玉，是极亲极熟的关系，才会有的一种口吻。

"你要走，我就同你一块走！"宝玉乜斜了一双眼，又醉又倦。

"我们来了这大半天，也该回去了。"

小丫头捧过斗篷来，宝玉把头略略低下，示意戴上。那丫头出手粗重，把大红猩猩斗笠一抖，才往他头上一合，宝玉已不耐地挥手：

"也罢！也罢！傻东西啊！不知放轻一点，我自己来戴吧！"

黛玉在炕沿上，巍巍站着：

"过来，我给你戴吧！"

宝玉上前去，像个乖孩子，黛玉用手轻轻拢住束发的冠儿，将斗笠的笠沿仔细掖在帽箍上，又把那一颗核桃大的簪缨扶起，颤巍巍露在笠外，整理好了，又端详审视，表情是艺术家面对自己作品才有的了然、赏爱与权威：

"好了，披上斗篷吧！"

宝玉依言披上，黛玉和宝玉向薛姨妈、宝钗等一一谢别。在茫茫雪夜里，由小丫头们的伴送，携手并肩而回。

镜子传奇

离开宁府秦氏屋里时，凤姐还是红红的眼眶。还不到一个月的工夫，好端端一个丰泽鲜丽的人儿，就变得病容憔悴，乍看之下，凤姐真要吓一跳。也不知是哪一个病魔在作怪，像吮尽一个女体的生命汁液，那份消瘦枯槁真让凤姐不忍相看。

也查不出确切的病因。凤姐虽然心机多，城府深，嘴里说的，心里想的，未必一致。对待下人，尤其不够温厚，就是家族里的亲人，在她心目中，也有一种类似势利官场的先后区分。然而，对于秦氏，她还真怀有几分心意，也爱和她款款话家常，悄悄说几句心里话。

探病的气氛总是沉滞而窘迫的，即令像凤姐这样口角春风的灵活人物，虽然竭力轻松，但也不能长久相坐。而一块来探病的宝玉，更要心痛流泪。满室的华美，杨贵妃仍在海棠春睡，那一副对联的嫩寒锁梦，芳气袭人，什么春冷、酒香，竟像对枯竭生命的一种轻嘲淡讽，宝玉忍不住想起赏梅以后的那一场温柔午睡，秦氏化作梦里仙界的女子，就倚在他的怀里。而此刻秦氏连"未必熬得了过年"的话都说出来了，霎时，有一万支利箭射来，宝玉一颗心被钻得疼痛难忍，泪水扑簌簌落了下来。

凤姐及时说了几句振奋人心的话，颓势虽然挽回了一些。但毕竟坐不住了，小心叮咛几句，带着一双红眼圈出来了。

荣宁两府之间，隔着一个会芳园，清流急湍，篱落飘香，一片秋色连天的好风景，竟然消退了红圈与泪水，凤姐忍不住赞叹起来。

秋虫鸣奏着，山石处，蓦地钻出一个人来。

"请嫂子安！"

凤姐猛然一见，身子往后一退，但已经认出来人是同族一个远房小叔子名唤贾瑞的，正待还礼，贾瑞又说话了：

"嫂子怎么连我也不认得了？"

"不是不认得，猛然一见，想不到瑞大爷在这里。"

"我不大进园子来，今天刚来散散心，不想就遇见嫂子了，这不是有缘吗？"

说话间，又不住用眼睛瞟着凤姐。凤姐是个聪明人，见他这副光景，如何猜不着八九分呢？贾瑞见凤姐含笑和他说话，心里暗暗欢喜。

凤姐见贾瑞的神情越发不堪了，忙想脱身之计。于是假意笑道：

"怪不得你哥哥常提起你，说你好。今儿听你这几句话，就知你是个聪明和气的人了，这会子不得空，等闲了再会吧！"

贾瑞一听更是心喜，索性连"一直想请安，就怕嫂子年轻不肯见人"的话都说出来了。凤姐嘴里还应付着，一边笑一边说：都是一家骨肉，也不必说什么年轻不年轻的。

这一番虚情假意，把一份偷馋的欲望越发惹得蠢蠢欲动，心思更加活了起来，身子却已木了半边。贾瑞一边走，还一边回望。凤姐故意放慢脚步，见他远去，心里已经狠狠骂道：

"这才是'知人知面不知心'呢。哪有这样禽兽不如的人？他真有个轻举妄动，倒叫他死在我手里。"

往后的日子，凤姐一心惦着秦氏，去到宁府的次数更加密集。但凡有什么好吃的，对身子好的，都变着法子，让人送去。

凤姐劝她宽心，既是富贵中人，就不必疼惜金钱，贾府原是"吃得起人参的人家"。这两个月，秦氏的病不见坏，也不见好，但脸上身上的肉明显都瘦干了。冬至到了，好歹春天时，或好转或恶化，就有个定数了。秦氏淡淡说来，又告诉凤姐，最近只有老太太赏的枣泥馅的山楂糕，还像能够嗑得动，吃得下。

凤姐的时间精力分出许多在秦氏那儿，家事就要多偏劳心腹的丫鬟平儿了。平儿也是花为容的美丽女子，又娇又俏，性格尤其温和，处事又周到，真真可人儿一个，已被贾琏收为妾。这一天，凤姐回屋问起平儿，家里可曾有事，平儿就告知利息钱送来了，原来凤姐掌管家中大小仆佣的薪水收入，因得职权之便，可以进出周转，于是常用高价的利息借贷给外人，自己可以坐收一笔可观的私房钱。

平儿又说瑞大爷"要来请安说话"。

"哼！"凤姐从鼻孔里放出一道冷气，美丽的粉脸渐渐露出凶煞之气。

贾瑞果然来了。

凤姐让坐送茶，十分殷勤。

贾瑞见她的妆扮举止，眼睛都眯成一条缝了，身子几乎酥倒。答问对话，总是暗藏机关，充满挑逗的意味，凤姐就顺势扮演下去，一副芳心寂寞，恼怨丈夫不在，盼人来说话解闷的模样。

这样一来，贾瑞更是头重脚轻，竟然"天打雷劈"的重誓也发了。到后来，索性凑上前去，觑眼看凤姐带的荷包，又问戴的什么戒指。

"放尊重些，别让丫头们看了笑话！"

半真半假，半羞半恼，凤姐如是道来。

如领圣旨，如听佛命，贾瑞忙往后退。

最后，凤姐总算轻声许诺：晚间起更以后，在西边穿堂守候。

入夜，一个影子摸黑进了荣府，掩入穿堂。浓墨一团黑，不见任何来人。

"咯噔"，东边之门落锁了。东西两头皆已死闭，南北两座房墙，无可攀缘。心头如热锅蚂蚁，而长夜漫漫，北风凛凛，贾瑞感觉肌骨在寒气中都要断裂了。

天终于亮了，趁老婆子开门的空当，贾瑞落荒而逃。不想才奔回家门，一家之长的祖父代儒已是严阵相待。老人家想，年轻男子，一夜未归，非饮即赌，不然就是嫖娼宿妓。贾瑞虽极力辩解，也只有落得"还要狡辩"的一阵痛打。三十大板，还不许吃饭，外加跪读庭院，补出十天功课。

吃尽一场苦头，贾瑞偷腥之念仍未死去，又鬼鬼祟祟来到凤姐处。

分明一头猎物，自投罗网嘛！凤姐一咬牙，唇边却是一朵倩笑，她要贾瑞在她房后小走道里的一间空屋相待，而且就是今天晚上。

贾瑞有些迟疑。

"谁哄你？你不信，就别来！"

"来！来！来！死也要来！"

掌灯时分，夹道的空屋，困兽在笼里，来回踱步，焦躁难安。左等不见人影，右听没有声响，难道又不来了？

黑魆魆钻入一个人影，贾瑞狂喜，直奔前去，猫捕老鼠，擒拿到手，就衔到炕上。正在胡言乱语，恶行恶状之际，灯火突然大明。

　　贾蓉暂充陷阱里的一块美味，贾蔷故意提灯闯入。这条计谋是凤姐布置的。贾蔷是宁府正派元孙，父母早亡，从小跟贾珍过活。贾蓉呢，和凤姐的交情匪浅，彼此关系不寻常。蔷、蓉兄弟平时就是一对活宝儿，这次当然义不容辞要言听计从于凤姐了。

　　羞愧中，贾瑞返身就要逃走，贾蔷已经一把揪住，百般恐吓他，说是凤姐已告到王夫人处，王夫人气煞，请贾蔷来拿。贾瑞魂不附体，只有央求。贾蔷就趁机诈了一共一百两银子，一边又假意领他出去，要他窝在大台阶下，说是替他把风。

　　贾瑞蹲着，心里正苦恼那一百两银子，哗啦啦，头上一声响，接着尿粪倾泄下来。他哎哟一声，满头满嘴恶臭，又不敢再出声，只见贾蔷跑来，叫他快走。

　　更衣洗濯时，贾瑞这回总算确定凤姐着实在戏弄他，他心里才一阵恨。又想起凤姐的粉脸娇笑，手足一阵空舞，就恨自己不能暖香软玉满怀抱。这一夜，辗转反侧，不曾安眠，对于美人，自此是只敢空想，却再不敢妄动了。

　　银子催逼得紧，正是相思的债务未了，又添上了钱财的麻烦。白天功课又紧，二十来岁的单身男子，心心念念都是凤姐，少不得夜夜自我慰藉，如此已虚耗体力，再加上两回的夜寒受凉，贾瑞硬是病倒了。这一病就一病不起，可怜他祖父到处张罗医药，最后因要吃独参汤，实在负担不起，只好老着一张脸，求向荣府。王夫人命凤姐秤二两，凤姐却说正好短缺。王夫人就要她去别处设法——"给人吃好了，救人一命，也是你的好处"。凤姐听了，并不真正遣人去要，只胡乱用渣末泡须拼凑了一番，如此搪塞敷衍，却是回禀王夫人说已经寻足了两数送去。

贾瑞的病一点起色也没有，眼看那一撮生命的焰火就要萎灭了。身子像躺在棉絮里，双眼浇醋似的酸，但耳里却分明听见一阵道士叮叮作响的化缘声音，并高喊——"专治冤孽之疾"。

"快请那位菩萨来救我！"边嚷着，贾瑞就在枕边叩头起来。

他一把拉住跛足道士，像溺水时攀缘一块孤木的绝望与渴切。

道士摇头叹息，好像所有的药石皆已无望了。

"我倒是有个宝贝可以给你，你天天看，这条命就可保了。"

是一柄双面镜，前映后照，光可鉴人，把手边錾有"风月宝鉴"四字。

"这宝物是太虚幻境警幻仙子亲手制的。有什么不好的心思，什么轻妄愚蠢的举动，都可以治好。宝镜带到世上，只给那些特别聪明特别文采风流的公子啊王孙用的。人聪明了，有闲了，想头就多了就烦了。记着，千万记着！不可照正面，只能照反面。三天以后，我会来取，那时保管你已经好了。"

任凭家人苦苦相留，道士还是扬长而去。

贾瑞握着镜子，铜质的镜面闪闪生辉。枯瘠的一双手就像握住最后的一线生机。翻转过来，他向反面的镜里望去。

一个骷髅，颤巍巍耸立着。

"这混账，什么道士老妖的，存心吓我！"他掩住反面，又倏忽翻过，举起正面。

纤纤玉手，正殷殷招呼着，一张粉脸，含着娇笑，眉眼流溢无限的春情。

贾瑞荡荡悠悠，走入镜中。

凤姐送他出来，依依不舍。

"哎哟"，一个高亢的刺声，睁开眼，人在床上，镜子已从手里掉出，反面仍是一个狰狞的骷髅。

全身一阵冷汗，下面却湿嗒嗒的。意犹未尽，他又举镜望向正面。

还是凤姐，殷勤未改。

他又进去。

一次。两次。三次。四次——

才要走出镜子的世界，沉甸甸的铁锁已套了上来，不由分说，两个来人就把贾瑞架走。

"让我拿了镜子再走啊——"

声音戛然断了，一双迷目还留在镜子里。手松，镜也落，双眼睁着，镜子犹躺在掌心。

"嗤"——镜子滑落下来，定定躺直，不再动了。

鼻息已没一丝气，身子下，一摊冰凉黏湿。

"什么鬼东西？明明害人的妖镜！还不给毁了？免得遗祸害人！"

惨哭、哀号以及怒骂，白发送乌丝；贾代儒这一对年迈的夫妻哭得死去活来，悲恸孙儿的早逝——壮年送子，老年送孙，命惨运悲竟无理可说。

火已燃起，致命的镜子在盛怒中就要被毁去。

一阵哀哀的哭泣从镜里传来：

"谁叫你们要看正面的？你们自己弄假成真，以假为真，又何必苦苦把我给烧了？"

哭声不止。猛地闯进一个人影，跛足道人颠奔而来，一边高喊着：

"谁敢毁这风月的镜鉴？"

众人还在错愕中，镜子已被拾起。

闪闪的光辉隐去，连道士也消失了身影。

风月无边，却不足为训，一个因为情欲而丧失生命的年轻人。而贾瑞的死，不过是巨室豪门，小小角落里，偶尔一个微声的叹息罢了。

贾瑞的丧事算是告一段落，却又有很不快乐的音讯从远方而来：林如海病重，务必请黛玉回去一趟。贾母心里忧闷，宝玉离情难舍，而黛玉在惶惑悲哀中，由贾琏等陪送下，暂时挥手作别寄居的贾府。

家里更显得清冷无趣了。有人死，有人行，有人病。

凤姐揉揉倦眼，扔了针线，拥着暖手炉，睡入绣被中，浓浓的熏香扑鼻而来。已经躺下了，凤姐和平儿还要扳着指头，盘算起贾琏、黛玉的行程来。

鼓敲三更，平儿早是鼻息均匀的沉酣。凤姐才觉眼皮要搭下来，蒙眬中，分明看见秦氏含笑进来：

"婶婶好睡哪！我今儿就要回去了，婶婶也不来送我一送？想到平日里俩人是这么相好来着，心里真舍不得婶婶啊！婶婶，我是特别来说一声再见的。另外，有一桩心头的事没有交代，放心不下，也只能告诉婶婶，告诉别人我是不能安稳的。"

凤姐听得迷糊，却请秦氏直言。

秦氏正色言来，先说凤姐乃脂粉里英雄，男子也不能比。然后又叹凤姐如何不察"月满则亏，盈虚消长"的道理，难道不想赫赫家族一旦乐极生悲，岂个"树倒猢狲散"一场凌乱落空吗？

凤姐肃然起敬，请教如何是好。

否极泰来，荣辱周而复始——天命如此，不必痴心妄想。虽如此，人事仍要尽的。依秦氏看，家中四时祭祀不断，可惜并无一定的钱粮；虽有家塾，但供给没有一定。现在光景好，祭祀或支薪供给，固然不必发愁，然而一旦败落，没了来源就不好了。所以，在祖先坟地附近多置田庄地亩最是第一要务。地里长出的作物，可以供给祭祀和家用，又可兑换银钱，补充家里所需。如此，自给自足，无须仰赖他人。更重要的是，官场翻云覆雨，变化莫测。倒是回家读书务农、耕读纺绩，是极可安身的一条退路。

到最后，秦氏不免又再重复前言的"盛筵必散"，所有的繁华，不过瞬息的过眼烟云。但是，秦氏却仍然忍不住稍稍透露了一点口风，最近家族将有一桩非常的喜事。

凤姐再问，秦氏再也不肯说，只是用两句话赠别：

"三春去后诸芳尽，各自须寻各自门。"

当——当——当——当——

云板连叩四响，二门传来丧事的讯息，凤姐忽地惊醒，正有人来报"东府蓉大奶奶没了"，凤姐一身冷汗。

又是一朵早凋的青春。

宝玉乍听亡讯，梦中翻身爬起，一柄利刃戳上心来，"哇"地喷出一口血来，是因极度震悼，急火攻心，以致血流失向啊！

公公贾珍泪人一般，恸哭媳妇早逝。他执意要用薛蟠推荐上好棺木——八寸之厚的帮底，槟榔般纹路，檀麝的芬芳，用手轻叩，玎珰如金玉。

贾政在悲哀中还保持一份理性，他觉得这样珍贵之物，不是常人所应享，如此反令死者折福不安。只可惜贾珍听不进去。

又有丫鬟瑞珠撞柱殉主。

另一名宝珠的小丫鬟甘心为义女，尽人子之哀。

为了丧事更加堂皇，贾珍甚至捐出银子，替贾蓉买了一个官衔。

于是，丧家高高竖起朱红销金大字大牌：

"防护—内廷—紫禁道，御前侍卫—龙禁尉。"

妻以夫贵，妻以夫名，秦氏这一去，袭上官职，风光之极！

只是这样奢靡浩荡的排场铺张，秦可卿能担当得起吗？

宝玉、贾珍过分哀戚，瑞珠突然身亡。

而秦氏本人呢？每每成为梦中之人。宝玉梦中的亲密的神仙伴侣，凤姐梦里未卜先知的预言者。

还有她那稀世的美貌，甚至无名病因的早夭。

这些事前前后后加在一起，几乎要让人百思不得其解了。

接二连三生离死别的伤恸以后，大家族里又会有什么新鲜萌芽的喜悦欢庆呢？秦氏临行前所说：

"三春去后诸芳尽"，真耐人寻味呢！

真正的春天，好像还没有降临贾府。而没有见到季节的繁华之先，秦氏偏偏就要警告春天逝去以后，群芳落尽的凄凉光景。那么所谓的欢乐，真是何其短暂，而欢乐以后的悲哀虚空，或者才是人生的常态吧！

人生自是有情痴，此事不关风与月。风月与春光，人生与情痴，庭院深深的大家族，红尘万丈的凡间，总是因袭这些亘古的情节，不断旧事新演呢！

只是，当戏正上演之际，舞台上的人物却往往当局者迷，不能理解情节的究竟。这情形多少像道士带来的宝镜吧！为什么反面的死亡骷髅才是存活救命的良药，而正面鲜活青春的美丽女子却置人死地？而道士说的什么真、什么假，这些话，真正的含意又是什么呢？去了解风月的宝镜，去了解梦里的预言，恐怕要用整整一生的代价去换取了。

.

庙院烟云

纵有千年铁门槛，终须一个土馒头。

——宋·范成大

任凭怎样顽强的抵抗，还是一场徒然啊！就是用了永不朽坏的钢铁门槛又怎样呢？难道这样心力交瘁地坚持到底，就可以拒绝死神的到访吗？到头来，所有的年华、荣光、金银、情爱，也不过随着尸骸埋入八尺的沉沉黑土。而坟冢突起，在苍茫的人间大地，只不过是小小馒头一枚，滑稽可笑罢了。

浩浩荡荡的殡仪巨队，压地银山似的一路绵延下去，一直出了城门之外的铁槛寺。

铁槛寺的芳邻是水月寺。林中观自在，龛上见如来。如来佛法无边，观音也现身无数——南海观音、鱼篮观音、水月观音——水月寺自然是佛门重地，因观音而命名，但因为庙里馒头好，偏得了一个诨名，一般就管叫"馒头庵"了。

铁槛，馒头，水月。庙院的命名，岂不是空虚人生的宣告吗？

然而，这个时候的铁槛寺，正进行着秦氏的佛事，法鼓金铙，喧腾着一个隆重的葬礼，幢幡宝盖，翩飞着一则华美的死亡。到底，这最后的归途还是不免一死，镜花水月，毕竟成空。宁府铺排的丧礼，热烘烘，沸沸扬扬，反显这些庙院的名字像旁观的一声冷冷的嘲笑哩。

凤姐应贾珍之请，暂借宁府，担当起这期间大小诸事的总管，她平素最喜卖弄能干，临危受命，心里其实是高兴的。

从苏州捎来的消息，黛玉的父亲林如海病殁，黛玉扶柩送至老家苏州。宝玉心里着实为黛玉难过，蹙眉长叹。这回，她真是一无所依了。彻彻底底，茫茫人世的一介小小孤苦女子。宝玉想她还不知伤心得怎么样呢，但又意识到黛玉可以长住在此，这个发现使他又振作一些。

各方哀悼之士，济济一堂，其中不乏高门贵族，皇亲国戚。而北静郡王尤其平易近人，是个年轻俊秀的人物，和宝玉一见，就惺惺相惜。

北静王洁白簪缨的银翅王帽，长袍下摆处翻涌波纹形图案。一双明星的美目，那样温和干净的脸庞，宝玉觉得这一切都属于一个美的世界。在那个世界里，宝玉熟稔的是女性，当偶尔也遇见这样的男子时，宝玉仍然要由衷向往的。

可惜这样的男性并不多见，秦钟是少数之一。

从秦氏第一次提起她这个兄弟之始，宝玉就急于见他、认识他，后来果真相见，宝玉也只有觉得更好。

　　秦钟比宝玉更瘦些，一双秀目，两道清眉，颊唇泛着好看的红色，举手投足，是风动水流的自然韵味，只是略带羞怯，有些小女孩的腼腆。宝玉才一见他，心中便怅怅若有所失，发起痴来，才知自己是怎样泥猪癞狗的粗蠢。他自己恨第一为什么生在侯门公府，如果也生在寒儒薄宦，那么俩人早就相识交往，一生能得识这样的人物，怎么说也是值得的。他第二恨，又恨自己徒有尊贵之名，绫锦纱罗不过裹了枯株朽木，羊羔美酒，不过填了粪窟泥浊，自己也是白白被"富贵"两字给糟蹋了。

　　相识以后，就结为密友，上学读书，总是出双入对。这些小男生们其实也结党联帮，派系分明，名目繁多的。一起读书的伙伴中，又加上火爆脾气、浮萍心性的薛蟠，这一来，可有一场混战了。果然有一回就是磁砚水壶，穿梭飞腾，豁啷豁啷，砸的砸，破的破，简直闹翻了天。因为这种种，秦钟和宝玉的尘缘就浓密了。这次秦钟姐姐之丧，两人常有机会在一块。

　　未到铁槛寺之前，凤姐还领他们到一户农家休息，茅草搭的屋室，炕上的纺车儿，村野装束的年轻女孩，这些乡野泥土的东西，朴实而清新，像一场雨后所冒出的泥土味，给宝玉的，不仅是一份新鲜与兴味。他特别喜欢纺纱的车儿，忍不住就要动手，一个十七八岁的女孩上前来摇纺给他们看，秦钟暗拉宝玉的手，示意说这纺纱的妞儿不赖，大有可观。宝玉倒是推他一把，轻轻叱喝，后来仔细一看，果真不差。等到他们上马离开，那纺纱女孩怀里抱着一个小娃儿，身边站着两个小女孩，用眼睛定定看着宝玉，宝玉竟然有些心动，但也只有眼角留情罢了。瞬间，他们的车马便如风飞驰。

　　凤姐在铁槛寺将秦氏停灵之事大致料理妥当后，因嫌那儿人多不便，就携了宝玉、秦钟往馒头庵来。

馒头庵姑子静虚，和凤姐相熟，此刻领了智能、智善两个徒弟来迎接。

智能一下抽长许多，更显得水水灵灵，讨人喜欢。宝玉告诉正在殿上闲耍的秦钟，说是能儿来了，秦撇撇嘴："理她呢！"一副不关痛痒的样子。

宝玉呵呵笑起来，他是知道的，这两个人之间有点儿不可告人的秘密。

秦钟被宝玉拗得没办法，不能再作作清白，只好依言请智能倒茶。智能自幼常往荣府走动，认识秦钟，也喜欢他一表人才，秦钟当然更爱她的妍媚，两心早就相属了。

智能递茶来，秦钟笑说："给我！"宝玉又叫："给我！"

智能尽管抿着嘴儿笑："一碗茶也争，难道我的手有蜜不成？"

大殿上，三个人嬉笑着，其中的两颗心更加绾紧了。

而另一个净室内，四下没有杂人，静虚把椅子向凤姐挪近一步，装腔作势说道：

"我正有一件事，预备到府里当面恳求奶奶呢。"

前些时，静虚在长安善才庵当住持，有个张姓大施主，膝前一个独生女叫金哥。父女俩有天来善才庵烧香还愿，不想遇见长安府太爷的小舅子也来进香，李少爷一眼就看上了金哥，也不顾长辈在旁，涎着笑脸，跟前跟后。第二天李家就派人上门求亲，但是金哥早已收了守备赵公子的聘礼，只好照实告之。这位李少爷只当张家是推诿之词，沉下脸，一定要娶到手。偏偏张员外是个贪财的父亲，嫌赵公子不过是一个卸任守备的儿子，无权无势，也不顾女儿的心意如何，就派人向赵家要求退亲。

赵家自是不从，赵张两家就打起官司来。女方虽自知理亏，但挡不住李家的硬吓软骗，执意要赵家退亲。既不能走光明正大之路，打赢官司，张家就只好暗中找权势来硬压对方，知道静虚虽是出家之人，但和入世豪富走动颇勤，就求上静虚。

说完这段情事，顿了一顿，静虚偷偷看了一下凤姐：

"我想当今长安节度使云光大老爷，官高势大，这件事如由他做主，就好办了。"

凤姐不解：

"话是这么说，但云光老爷怎么肯出来做主呢？"

话已到此，静虚不得不说明，因知贾府和这位老爷是通家之好，只要凤姐托贾琏写封信交代就成了。

又悄悄附上耳说，为这事，张家不惜倾家荡产孝顺凤姐，哪知凤姐听了，却说贾琏出门了，而她一向不做这样的事。

静虚一呆，只好叹道，张家既已知这事只能求诸贾府，而凤姐如不答应，倒显得贾家一点面子也没有。

一句话激起凤姐的虚荣好胜心，以及——贪婪吧！

"你是知道我的脾气的，我从来不信什么阴司地狱报应的。无论什么事，我说要做，就会做下去。"

接着她爽脆说出要三千两银子的打点，就可办妥：

"我不比外面那些人，扯篷拉纤，只不过图银子。我不过是拿这些银子，给小厮做盘缠，让他们赚几个辛苦钱，我是一个子儿也不要的！此刻别说三千两，就是三万两我也拿得出！"

白衣观音盘膝在竹林下，灯火幽幽烛照，空气里飘着庙院焚香的气息，窗外天色更黑。

　　静虚露着谄媚的笑容，几乎贴到凤姐脸上，絮絮说着奉承的话。凤姐静听，一脸的喜色。

　　壁上的观音，嘴角牵出无限慈悲的笑纹，静默的眼神却是清晰明亮。

　　趁着黑暗的夜色，秦钟摸到后头房里，水流哗哗，智能一个人在洗茶碗。秦钟两手从背后扣去，嘴已挨到脸颊，智能急得跺脚，一面又想喊。

　　"好妹妹，我想你都要急疯了，你今晚不答应我，我就死在这里。"

　　"你要怎么样？除非我出了这个鬼牢坑，远远离了这些人，不然，又有什么出路？"

　　"你说得也对，但我等不到那时了。"

　　吹一口气，灯灭了，满屋里漆黑。

　　秦钟已将智能抱在炕上，智能挣扎着，想叫，想脱身。最后不知怎么的，衣服就已解开了。

　　遥遥传来木鱼诵经的声音，还有出家女尼在做夜课呢。

　　夜里，神佛并不曾瞑目，炯炯巨目下，一枚禁果终于还是被摘食了下来。

　　接连三天，凤姐等都未曾离开水月庵。一来丧仪诸事，并未完全料理完毕，多留时日，也算尽了心，替贾珍挣了一个面子；二来顺便将静虚的事，彻底办好；三来，秦钟巴不得多留，宝玉受托秦钟，也想多留，如此一来，也顺了宝玉的心。

　　钟鼓沉沉，庙院永远是香烟袅袅。

　　钟鼓好像并不能唤醒沉沦的心，凤姐已经陷入了贪得无厌的欲念之中。她一封信去，云光已满口应允。赵家只有服从判案，乖乖地退婚，然而三千银子不声不响，全数落入了凤姐的荷包。

钟鼓好像并不能唤醒陷溺的心。秦钟、智能已经落在情天欲海中，密期幽约，夜夜寻欢。

三天以后，这队人马终于挥别了水月寺，镜花水月，毕竟成空之地；或者还是叫它馒头庵吧——纵有千年铁门槛，终须一个土馒头哪！

凤姐怀财而去，而秦钟、智能甜蜜初尝，此刻却已开始要咀嚼割舍的苦涩了。

人已去，香烟仍袅袅。

其实，水月寺的轻烟淡云，已经酿起死亡的风暴。

爱势贪财的父母，白白扼杀了知义多情的女儿，当想到前约已毁，另许他人时，金哥一条汗巾子，悄悄寻了自尽。败诉的守备之子，闻悉金哥自缢，也怀着痴心苦情，投入悠悠江水之中。

秦钟本是一个质弱之人，体质的弱，心性的弱，在欲望面前，毫无抵抗招架的定力。迷乱下，急急吞噬禁果，三番四次，本来就受了乡野风霜侵凌，再加情欲的放纵，回去之后，就沉沉地病了起来。

陪父亲游园

浓云密雾纠结缠绕过来，一种沉闷与抑郁，好像丝毫没有天青日白的意思。

　　宝玉的心境，陷在这种欲雨难晴里，已经好长一段时间了，心情沉重得连步子都不能轻松。祖母看他这样子，建议他到新建的花园去溜达溜达，然而新栽的花木、奔越的清泉并不能扫去心头的阴霾。鲜媚的颜色，看着刺心，清越的水声，听着刺耳，好没有意思哪！如果生命本身已经消失了，这些好花好水的意义又何在呢？

　　他是想起好朋友秦钟的死亡。最近，他已太熟悉死亡的形象了，血肉的衰竭，气息的冰凉，从温热到僵死，宝玉几乎要掩面逃走。美丽是这样短暂，而眼看美丽一寸一寸、一分一分被摧折，更是难以忍受。

　　当然，他也痛心失去一份相投情怀的悲哀，在这些不快中，他开始思索一些问题，但好像寻不到一个满意的答案，这就使他更加陷在迷雾摸索的痛苦里。

　　从水月寺回来以后，秦钟就一直病着。这期间，家里倒是有一桩天大的喜事，就是长姐元春，终因才德出众，被封为贵妃。这是家族莫大的荣耀与骄傲，阖府之人，都浸在欣然踊跃的得意之中，只有宝玉一心惦着秦钟。不止因他病着，更因听说智能偷偷逃进城里，找到了秦钟，被秦钟父亲发现，把智能赶走不说，还痛打秦钟一顿，自己又气得老病复发，没几天，呜呼死了。秦钟原本怯弱，病重、笞打，再加上一份人子的悔恨，病势益发重了。

　　黛玉戴着重孝而返。看见黛玉，是宝玉在苦闷中唯一的喜悦；她一身素服，却比离去前更显飘逸了。黛玉忙着清理行装住处——从此后，这贾府将是这孤女唯一栖身之处。

　　这一阵，全家上下，都浸在喜气忙碌里，元春封妃是喜，替王妃准备将来省亲休息的地方，则大有可忙的。贾政无暇问宝玉的功课，若在往常，岂不正中宝玉下怀？然而就在这个时候，秦钟终于撒手而去了，蜡白着一张脸，悠悠一口余气叹息，自以为高过世人，却反而自误——他临去前劝宝玉还是要以功名为志。

宝玉知他当然是不甘而去的，宝玉也知他病中所苦，一方面惦着智能的下落，一方面记挂父亲未了的债务和家中大小诸事。偷情竟然带来这样的苦涩与悲惨，宝玉想起幽幽大殿里，智能送茶的轻倩模样，她睇凝秦钟时的情意，如果智能不是生于佛门，她或可自由争取追寻这段爱情吧！宝玉佩服她挣脱环境，热烈大胆追求爱情的勇气。但谁知道呢？如果智能不是出家人，她就不必这么艰难冒死地追求这一段无望的苦情，只是，若不出家，她又可能遇得上秦钟吗？

摇摇头，连宝玉也被自己越想越烦的心思给吓住了，但他又忍不住去想，秦钟含恨而亡，还有一份对老父的深深愧疚，父子之间何苦伤害如此呢？他苦笑起来，怨不得秦钟，自己头一个就是最怕父亲的儿子。然而，那样清灵脱俗的一个人物，最后还是要劝好朋友以功名为志向，这份觉悟，是秦钟以青春的生命换取而来的啊！那么看来，生命的形成本来是无从选择，生活的目标行进也由不得自我的意愿，必要遵循一般世俗的责任吗？

宝玉还不肯承认这一点，最起码现在不能承认。但秦钟的遗言好熟啊！是什么人也这样叮嘱过他呢？好像在一个粉红色、带着甜香的梦境里，曾有清朗严正的声音，一字一句向他告诫过的。

　　心神恍惚间，隐隐听到人语和步履声，中间好像还有父亲。宝玉一惊，身子站直，不好了！准是父亲领人来巡察新建的花园了。

　　走！三十六计，走为上策。

　　说时迟，那时快，父子俩已经撞在一块了！宝玉脱身不得，只有垂首默立。

　　元妃要返家省亲，此番回来，自不同于一般出嫁女儿的归宁。元春封妃，就算是皇帝身边的人，他们这是迎迓皇亲啊！本来贾政在朝廷就袭官位，如此，父以女贵，声誉更隆。贾府乃仕宦之家，岂有不大事张罗之理呢？为了让贵妃省亲休憩时怡悦舒适，所以特别精心修建了一座花园。先是审察择地，然后，画写设计图样。又请了园艺、建筑、各行各业之人……前前后后，着着实实忙了一顿。

　　园子修竣，还没有彻底巡察，唯恐有不妥失当之处，所以贾政要在正式启用前，亲自看一遍。

　　贾政是一见宝玉，心里就燃起无名的怒火。宝玉的聪明、伶俐、俊美，在他看来，全是不成器的表征。贾政恨他游手好闲，不务本不踏实，恨他爱混在女孩丛中，恨他那份逍遥自在、不解责任与期许的浑身轻松，更恨他见了父亲以后的慌张与畏惧。贾政看不顺眼这个儿子，正是因为他期待太深。以宝玉的聪明，只要稍稍定心，将来的成就一定超过父亲。放眼看去，家族之大，也唯有宝玉像是有成为大器的潜能，偏偏被溺爱纵容得走了形，不知天高地厚。贾政天性方正刚直，加上读书做事，积久下来，他便要求一个理性的、黑白分明的、规律的、整饬的、严冷的世界，他简直不能容忍一切的懒散、任性、含含糊糊、软软绵绵、黏黏扯扯……偏偏自己看重的，宝玉一样也没有，宝玉有的，他一点也不欣赏。其实，他何尝不了解生活的情趣，生命的狂热与激情？只是人活世上，是为了更大的责任，情趣使人丧志，而狂热与激情，到最后，苦的还是自己。

这些，贾政无暇也无心和宝玉沟通，做儿子的嘛，就是顺服两个字。当然，他每每看见宝玉眼神里的惶恐不安，那焰火闪烁突然就黯淡下去时，做父亲的还是刺心与哀痛啊。

宝玉惶悚难安，像一头待罪的小羔羊，不解父亲要他跟一群兄长和一伙帮闲清客游园有什么意义。就是再可口的美味，只要父亲在，不仅滋味全无，而且难以下咽，更何况他对秦钟的死还耿耿于怀呢！

然而，这一切都由不得自己。悲戚郁闷里，还得扮出晴朗开怀，而且还不知观游途中，父亲又会考他什么。

他感到彻底的无力与无奈，勉强打起精神。

水从东府会芳园处引来。流水是林园最活泼的管脉，流经其上，方感觉大地的呼吸与脉动。

园门关起，一行人，自院墙观望起，再一步一步深入寻探。

五间正门，圆筒的屋瓦，泥鳅圆背的屋脊。仅此瓦脊，便已说明庭园主人的贵族身份了。门栏窗槅，固然细细雕花，却是一派本色，没有朱粉涂饰。一色水磨的群墙，白石的台阶，西番藤蔓的图样。还有雪白的粉墙，虎皮石随势砌去，真是清爽大方，不落富丽的俗套。

这才叩启园门，踏步而入。

一行绿色的小山，是深深庭园的第一道屏风呢！必须如此含蓄，才有寻幽访胜的情趣，不然一览无遗，韵味要差多了。

猛兽鬼怪的白石，据守一条隐秘的曲折小径，石上爬着细致的苔藓，并垂着藤萝的流苏。

打从这儿进入山口，山上镜面白石一块，是等着题名用的，山水和文章，是彼此相辉相映的好伴侣，不然山水会寂寞的，文章也空虚无意义了。

旁边帮闲的人早已七嘴八舌起来，贾政今天是存心考宝玉的，知道宝玉虽不喜欢读正经书，但写诗填词、游戏笔墨的小聪明倒是有一些。旁边那些逢迎之辈，也了然于心，就故意瞎扯，好让宝玉出个风头，做父亲也可以感到一些欣慰。

"叠翠""锦嶂""赛香炉""小终南"……尽是一些对于玲珑假山的描摹之词。

宝玉当然知道大家的心意，而他平时对于美的事物、美的创作，也确实非常关心，日积月累，倒也有一套个人独到的看法了。

他以为编新不如述古，毕竟这儿的主景不是山，山原为小径而设，所以主题不如就是小径，就题"曲径通幽"的旧句，既语出有典，文雅大方，又符合实景。

侃侃说来，引得几声赞美。只有贾政，心里虽高兴，脸上却无笑容，嘴上更要谦让，请大家不要随便说好，惯坏了儿子。

进入石里的洞天，花木奇珍茂美不必说，更加一带清流，从花木深处，曲折而泻于石隙间。再往北渐行几步，就是一片平白宽豁，两行楼宇隐隐躲在山树的秘处。往下看去，清溪溅着雪花，白石的栏杆，抱起池沿，还有一座石桥，桥上一座亭台。

欧阳修不是在《醉翁亭记》中，写道"有亭翼然"吗？就题"翼然亭"吧！

又有人认为"翼然"不如欧阳公的"泻出于两峰之间"，就题"泻玉"吧！

贾政等着宝玉发言。宝玉却觉"泻"嫌粗陋不雅，当初欧阳修为题酿泉用"泻"可以，但这儿是皇妃省亲的别墅，就应考虑蕴藉含蓄的才好。

说得头头是道，贾政却含笑说宝玉，怎么不照刚才"述古"的原则了？岂不自掌嘴巴吗？宝玉年轻的心，毕竟还是鲜活灵动的，加之他不懒于思想，所以一方面并不拘泥成规，另一方面颇能创意才思并捷，遂说出"沁芳亭"的题名。才说完，众人已赞他才情不凡，贾政不足，还要他即刻作出一副五言来。

林园的每一步履，都是无数心血的结晶，可以看出自然与人力如何婉妙结合。

千百竿翠竹，织起绿色的一张流苏帐，微微露出里边精致的屋舍，一道粉墙在外环护着，赞叹声四起，于是入门探访。曲折的游廊，阶下石子的通衢，小小房舍，一明两暗，后院种着大株梨花芭蕉，墙隙涌出流泉，绕阶缘屋，到了前院的竹林才盘旋而出。

贾政最爱这一处，觉得如果月夜在此窗下读书，算是不虚此生了。说到读书时，两眼看着宝玉，倒看得宝玉嗫声低头。

大伙不觉都用了什么"淇水""睢园"等典故，贾政觉得俗。宝玉觉得板腐，他以为这是皇妃第一个歇脚的屋室，必须点出圣上出来方可，于是说出了"有凤来仪"，又赢得众人"妙！"

的赞美。

一带黄泥矮墙，墙头稻草掩护，好像火焰喷出，有红霞弥漫着墙头天边，原来是几百株的杏花。除花外，是乡间农家最常见桑呀、榆呀栽成的围篱，里面的屋宇自然是茅草所盖。篱外山坡下，一口土井，井旁是汲水用的辘轳等物，然后有一畦一畦的菜蔬。

贾政颔首称好，竟然勾动起他的泥土耕稼情怀，有一种归田园居的渴望。于是有人说不如就叫"杏花村"吧！宝玉则说——"红杏梢头挂酒旗"，如果要点出这儿是村野饮酒处的意思，"杏花村"不如"杏帘在望"。只是，这些都太俗陋了，还是古诗里"柴门临水稻花香"的"稻香村"好。

宝玉并不以此处的乡野为然，不惜和父亲的意思相左，他觉得这儿不如"有凤来仪"远矣。贾政只以为宝玉太年轻，不懂朴素清幽的美，专喜那如画的富丽。

然而宝玉自有他鉴赏的标准。

他举出古人常用的"天然"二字来反问父亲，所谓天然，天之自然有，非人力之所成。然而，整个庭园原以市街为背景，园里其他的建筑，也是人工的亭台楼阁所成，目的在赏玩游息。而稻香村呢？茅屋菜畦土井，全是人力刻意穿凿而成，这还不打紧，把稻香村放在郊外广大田庄中，或不致荒唐突兀，然而放在亭台楼阁的庭园背景里，毋宁是造作而矫情了；而且本来所具有实用劳力操作意义的对象配景，也和赏玩的风格并不谐调。

贾政说不过儿子，只好摇头说宝玉这席道理"更不好"。

行行走走，走走停停，落花水面，池边垂柳，朱栏板桥，玲珑山石，清雅的室宇，寻常不能见的植物，这一行人看也看不完。其中最苦的莫过于宝玉，不能单纯玩赏，必得苦苦寻索文思，应付父亲不说，更要不露自得之色，或是随意抒发由衷的感想。一路走下来，宝玉最年轻，心力倒比任何人都要消耗得多，真是疲惫不堪。

正殿的富丽，连贾政也要摇头说奢华。

正殿的正面，一座玉石牌坊。

宝玉恍若走入一个梦境之中，尽管发起痴来，他心里怦然一动。一份相识熟稔的奇异感觉，努力去想，实在是想不起来了，怎有这样眼熟的风景呢？石筑的牌坊在哪儿见过？

怔忡在那儿，别人都以为宝玉这大半天的应付，怕是精神涣散了吧！其实，这一刻，宝玉并不是体力精神不支，他是完全忘情在自己寻思的想象中。

圣贤经书，宝玉未必比别人博学审问，但是旁收杂学的，他倒还有一招。像园里引进的百草千花，连大人们不能辨识的，他亦可以一一道来，有板有眼。

譬如《楚辞》《离骚》《文选》里的香草，他自言自语，一一指正，冷不防被父亲喝住。贾政在宝玉面前往往变得十分悭吝，舍不得赐下任何一句微微赞语，唯恐一个好字，会使宝玉从此自大起来。另外，基于传统，对宝玉这样的性子，是要防他流于疏空，就像孔子对子路，总是在热头上冲一盆冷水。

有一株海棠，如一柄华伞的开展，花色红晕，一如丹砂染上唇颊，而且丝垂翠缕，有一种扶病的娇弱。在群芳诸艳中，算是最为出色的，贾政听说原产于女儿国中，就叫女儿棠。

宝玉则以为这花虽颇有大家闺秀的风范，但何苦一定要附会于"女儿国"呢？而且扯上一堆野史稗官，弄假成真，实在大可不必。

这个女儿棠所在的院落另外还种了芭蕉。女儿棠含有"红色"，芭蕉蓄着"绿意"，宝玉就命为"红香绿玉"了。及至进屋，更是曲折精致，而且突然还见相似的一群人行对面，相迎而来，原来是装有玻璃的大镜。众人在其中，几乎迷了路，然后峰回路转，才又走回平阔的大路上。

红花海棠，绿叶芭蕉，玻璃大镜……其实行到此处，宝玉已经是失去弹性的橡皮筋了，整个人就要松垮，总算在贾政假意的呵斥——"还不回去"下，疾步逃去，结束这要命的游园。

悲喜元宵夜

蜡烛一担一担挑进来，灯火一盏一盏亮起来。

得——得——，一阵马蹄疾驰的声音。然后是喘吁吁的跑步与拍手，有十来个太监呢，没一会儿，零星已整合成庄严的队伍，各就各位。

贾赦领着家族的子侄在西街门外，贾母领着家族的女眷在大门外，都是敬穆以待。空气很安静，安静到不安的程度。

一队红衣太监骑马缓缓走来，至西街门下马，将马赶出围幕外，然后垂手面西站着。

又来了一对，下马面西恭迎……如此，十来队以后，隐隐才有细乐之声。

　　旌旗羽霎，龙翔凤舞，队伍缓缓进行着，提炉上，焚着御香。一把曲柄七凤的黄金伞，冠袍带履……终于一顶八人大轿行来，金顶黄绣凤迟迟移动着。众人都跪了下来。

　　"体仁慕德"的匾灯，灼灼闪亮，金顶大轿进入了园内。千树的灯花，灿然开在东风里，香烟婉转缭绕，丝丝唢呐，悠悠吹奏。

　　轿里的元妃却默默叹息着排场的奢华，已有太监跪请登舟。清流蜿蜒如龙，两边石栏上都是水晶玻璃的各色风灯，夜风拂过，一片缤纷的花雨，纷纷坠落。水里，螺蚌羽毛扎着的各色水禽与草花的明灯，岸上的群树，也扎起花叶，并悬彩灯。于是水上水下，彼此争辉，一个琉璃的世界，一个珠玉砌成的华美王国。

　　每一处风景，都悬着匾灯，匾灯上就是宝玉和父亲游园时的题撰。其实贾府世代书香，交游中不乏文人雅士，为诸景题匾，还怕无人胜任吗？为什么偏要当真采用宝玉的呢？这样的举止，倒像暴发新荣之家，过分狂滥了。

　　元妃看到"花溆蓼汀"的匾灯，不免笑了，"花溆（水边之地）"意已尽，再添"蓼汀"（水草生长的沙洲），便嫌多余，其实元妃的笑，应该是由衷的欣慰，她知道这些是出自她亲爱弟弟的手笔。贾府所以独独用宝玉的题撰，其实也是体会这一对姐弟的手足情深啊！

　　从小时候起，她就和宝玉最亲最好，宝玉尚未入学堂之先，大姐姐已经手引口传，教认了好几千字呢，他们彼此之间，有着同胞的亲近，又有着长幼的提携与爱顾。元春入宫时，只要带信父母，必不忘殷殷叮咛，要宝玉好好努力，不要辜负了家人期望，管教不宜不严，也不宜过严。长姐一番心意，如父母，如师长，期许之深，爱护之切，让人感动。

一方面贾政也确实想试试宝玉，总听老师说他有一份歪才，另一方面，元妃看见是自己弟弟的手笔，小小孩儿，已经能够担当应用酬酢的文字了，做姐姐的一定欢喜，而且，这样不是也显亲切、别致有趣吗？

省亲车驾离开了园子，来到贾母正室，贾母等领着众人跪迎不迭。元妃泪水挂了满眼，上前相见，一手搀贾母，一手搀王夫人，心里有说不完的话，却哽在喉头说不出一句话。低低的啜泣声，呜呜咽咽。邢夫人，李纨，王熙凤，迎、探、惜三姐妹，一径围绕，也都在默默垂泪，灯火仍辉煌，鲜服的一群丽人，骨肉血脉相连的家人！然而，相逢如梦寐，也唯有泪眼执手相看，脉脉不得语了。

好不容易，元妃终于开口，她强忍着悲哀，努力扮出一个微笑，婉言安慰着祖母、母亲：

"当初既然送我到了见不得人的去处，好不容易，今天回家，娘儿们一会，还不说说笑笑？反倒哭个不止，待会儿我去了，又不知哪天才能回来呢？"

才说完，倒又哽咽起来。

薛姨妈、宝钗、黛玉也一一来拜见。

母女姐妹们告叙别情离景，家务琐事。

贾政至帘外请安，元妃隔着坐帘向父亲说了心底的话，她流着泪，不能不羡慕起一般村野平民，粗茶淡饭，布帛衣裳，但一家大小，不是长年相守吗？表面上，她盛享贵妃之名，可谓一名女子的登峰造极了。然而富贵的代价，却是骨肉生生的远离，人生如此，终是无趣乏味。

　　身为父亲，贾政能说些什么呢？他只能以一名臣属的谦卑，再度表达效忠王室的赤忱，并请元妃善自保重。贾政还告诉她，园里所有亭台轩馆都是宝玉题的，元妃这才真正露出微笑，赞美弟弟果然进步多了。又问贾母怎么不见宝玉。贾母说未经谕旨，男性不敢随便进来。

　　宝玉被太监引了进来。大姐姐携手揽在怀里，爱惜地轻拍弟弟的颈项，直说弟弟越长大越好了，说着说着，泪水又忍不住一串串落下来。

　　叙话以后，又是园里备筵，观览游幸。一行人登楼步阁，涉水缘山，指点着一株花、一盏灯，轻轻地笑，低低地谈。

　　元妃执起笔，分别将园里最爱的几处，重新赐名。

　　整个林园，可以说是天上人间风景都齐全了，所以就叫"大观园"。

　　"有凤来仪"改作"潇湘馆"，那儿有绿竹千竿，流水相绕，是元妃最爱处之一。

　　"蘅芷清芬"赐名"蘅芜院"，院里长满各色香草，好像进入了《离骚》的世界，也深为元妃所喜。

　　其他如"红香绿玉"改"怡红快绿"，也就是怡红院。"杏帘在望"赐名"瀚葛山庄"。这两处次于"潇湘""蘅芜"，也为元妃所喜。

　　元妃自称文才不敏，不长于吟咏，希望姐妹们一匾一咏，也算助兴与纪念了。

　　女孩之中，探春在迎、惜之上，但又难和钗、黛争衡。而黛玉一向自视才气，早就预备在今夜大显身手、大展才华，没想到元妃只命一匾一咏，不觉失望，随意用五律应个景，虽是未用心，但在这些人之中，还是和宝钗并占第一。

只有宝玉一人，必须另作四首，因为元妃倒要看看这位从小教他读书识字的弟弟，究竟实力如何。宝玉有些招架不住，黛玉却一旁技痒，不免偷偷指点指点，最后索性代为捉刀，干脆替他作了"杏帘在望"。

元妃看毕，喜之不尽，指出"杏帘在望"最佳，尤其"一畦春韭绿，十里稻花香"，不雕自工，清新可喜，于是改"澣葛山庄"为"稻香村"。

眼所观览，口所品尝，都是人间的至景至味，再加上天伦相聚，诗文切磋。对元妃来说，出嫁女儿归宁的最大快乐，不过如此了。只是，精益求精，锦上还要添花，岂可没有精彩的表演节目呢？

为了这事儿，贾府特别派了贾蔷，远去戏曲之乡的苏州，采买江南女伶十二名，带回贾府后，聘人教习。彼时薛姨妈已经他迁，于是就让她们住在梨香院，梨园子弟住在梨香院落，生旦净末，吹弹扮演——这以后贾府也有自己的戏班子了，可以任自己的喜好，加以训练。总管梨香院十二女伶的是贾蔷本人，每位女孩的生活起居，则分别由她们自寻的干娘照料。

做完诗，太监催拿戏单来。贾蔷递上锦册，并十二女伶的花名册，元妃点了四出。

第一出是《一捧雪》中的"豪宴"。

第二出是《长生殿》的"乞巧"。

第三出是《邯郸记》的"仙缘"。

第四出是《牡丹亭》的"离魂"。

丝竹扬起，昆曲水磨的调子悠悠传来，舞低杨柳楼心月，歌尽桃花扇底风，女伶们唱作间，几乎用尽所有的热情。

舞台上是汤成的奸诈，雪艳娘的忠贞；舞台上是七月七日，长生殿明皇与贵妃的密誓；舞台上是众位真仙点化卢生，卢生一声又一声的"我是个痴人"的低回反复；舞台上是杜丽娘为梦中情缘所苦，竟然含恨的离魂亡身。

元宵夜的灯火闪烁辉煌，盈月已升至中天，大观园的风景无限。天心月圆，春满花枝，如此的良夜星辰。

但是，笙歌吹奏舞台扮演的却是奸人的构陷，却是巨变前短暂的欢愉，却是虚无人生的无奈觉悟，却是痴情少女的含恨而亡。

掌声四起，一名太监执了金盘糕点到后台问龄官是谁，贾蔷便知是赏给龄官的礼物，忙替龄官收下，笑得好开心。太监转交元妃的意思，说龄官极好，再作二出，就随她的意思。贾蔷想，《牡丹亭》"游园""惊梦"的作工优美，唱词典丽，音乐也悦耳——良辰美景奈何天，赏心乐事谁家院……最合适这个场合演出，就含笑和龄官说。

哪知龄官舞台造诣最优，性情脾气却是第一个别扭，她就是不肯唱"游园""惊梦"。杜丽娘是正旦戏，她本行是小旦，她不能坏了规矩，失了自己的原则。

贾蔷再三劝，硬的软的，话都说尽了，龄官就是不从，她自己选了《钗钏记》的"相约""相骂"，小丫头和老夫人拌嘴，好个针锋相对，把权威长辈骂个痛快。

龄官这样倔强，头撇着，一双秀目却又幽幽凝睇贾蔷，又是恃宠又是挑衅的表情，贾蔷看得心疼，只好请示元妃。元妃倒不勉强龄官，还让贾蔷不要为难她这小女孩，又赏了两匹宫缎、两个荷包，还有金银锞子（金银小锭）食物等。

戏散后，又再四处去看。贾府不仅成立了戏班，并且还买得十二女尼十二道姑，也是为诸种法事仪式之便。元妃到了佛寺前，盥手焚香膜拜，并题赐"苦海慈航"。

当太监来请示检阅赐物时，元妃知道是离去的时刻到了，她从头看起，又命一一发放，从贾母一直到掌灯、厨役、杂行人丁，大小不遗。众人谢恩完毕，执事的太监高声启道：

"时已丑正三刻，请驾回銮。"

这一声宣告，勾出了眷眷的离情，抑制不住，咸涩凄苦又喷涌而出。然而众目睽睽，堂堂皇妃的元春也只有强行挤出笑容，握着贾母和王夫人的双手却不曾放下，一边又宽慰着——一个月多少可以在宫中相见一次，这已是圣恩浩瀚，所以不必伤惨；如果明年还有机会省亲，千万不能如此奢华靡费了。

四更天，夜寒天未明，盈月的清辉已渐减去，灿放的灯花竟有几分倦意。而灯火下楼台，女子有行，远父母兄弟，虽贵为皇妃，也不能改变这个事实啊。

雨丝风片

这样的折磨，要到什么时候呢？

像是吞吃黄连的哑人，宝玉难咽满嘴的苦涩，却不知说向谁知。他躺在床上，眼睛睁着，不说一句话。

袭人轻巧地走近床前，一径笑着，好好兴致逗他：

"今儿看了戏，必会勾出更多好戏来呢。信不信，宝姑娘那样周到的人，今天被请，改天一定会回请你们看戏的！"

"她还不还，干我什么事？"寒凛凛的。

"咦，这是怎么说？好好大正月里，大伙儿都欢欢喜喜的，你是怎么回事？"

"她们欢喜她们的，也与我无关。"仍然是冰点的温度。

"她们随和，你也随和些嘛！岂不大家彼此有趣吗？"

"什么是大家彼此？他们有大家彼此，我就是'赤条条来去无牵挂'！"

语气越发激昂起来，到末后声音都岔开了。袭人一看，眼泪已经爬满了脸，她不作声，悄然退了。倒是宝玉细细想着"赤条条来去无牵挂"的含意，越发不可收拾，竟然大哭起来。

就是因为看戏，才会引起不必要的一场风波，好端端一个快乐的生日宴，到后来弄得不可收拾。黛玉叫他"一辈子也别来"，湘云更是要收拾了行李回家去。

哎，这颗心就是碎成千万，也没有人会知道的。

宝玉感到一阵绝望，究竟他要怎么样来证明自己的一份苦心呢？

和黛玉怄气是常事，这次，连最爽朗最坦率的湘云也给卷了进去，他这一辈子恐怕永远也不得安宁了。

宝钗过生日，还是个大生日呢，十五岁算是成年的大姑娘了，贾母有心替她好好庆祝，在内院搭了戏台，排了几桌酒。一早上宝玉兴兴头头找黛玉去看戏，黛玉歪在床上只是冷笑，拿话刺他说他犯不着借花献佛，宝玉深深了解黛玉，就笑嘻嘻任她说去，一边还是拖她下床。

吃完饭，点戏时，宝钗虽竭力推让，但贾母还是执意要寿星帮主，宝钗一秉平素为人，总依顺长辈的意思。于是吃食就拣老人家爱的甜烂之物，戏曲就拣热闹的。

宝钗先点《西游记》，凤姐点"刘二当衣"，然后姐妹们分别又点，最后贾母又要宝钗还点一出，宝钗点了"山门——鲁智深醉闹五台山"，宝玉想《水浒》的故事会有什么好戏呢；因他素喜儿女情长，典丽婉约，抒情成分重的，看来这"山门"不过瞎混一场的热闹戏。

"要说这一出热闹，你就不算知戏了。来，你过来，我告诉你，这出戏是一套北'点绛唇'，铿锵顿挫，韵律不用说是好的了，那词藻中，有只'寄生草'填得极妙，你何曾知道？"

"好姐姐，念给我听听吧！"

> 漫揾英雄泪，
>
> 相离处士家。
>
> 谢慈悲，
>
> 剃度在莲台下。
>
> 没缘法，
>
> 转眼分离乍。
>
> 赤条条来去无牵挂。
>
> 哪里讨，
>
> 烟蓑雨笠卷单行？
>
> 一任俺，
>
> 芒鞋破钵随缘化。

宝钗一个字一个字清晰地念出，这出戏原是描述鲁智深如何不守佛门规矩，喝多了酒，大闹五台山醉打山门，最后老和尚为息众怒，不得不请他另去东京相国寺。鲁智深因打抱不平而杀人，因杀人而不得不剃度为僧，但他哪里耐烦庙院里各种功课，他个天也不能管、地也无法拘的汉子，岂能拘泥于清规？尤其酒虫馋虫时犯，大碗酒大块肉吃得翻江倒海。然而佛门重地，毕竟不容他如此放肆，他只有一走。

宝玉虽还未深深体悟鲁智深的心境，是单单听词藻，已是喜之不禁，好像也感受到一份男儿决绝的悲凉。于是拍膝晃头，赞叹不已，更夸宝钗无书不知。黛玉一旁不快，冷冷泼上一句：

"安静看戏吧！还没唱鲁智深的'山门'，你就先来段尉迟敬德的'装疯'了。"

戏散后，贾母因最爱那小旦和小丑，命人带进来；到跟前看，越发觉得两个小人怪逗人怜的。原来一个十一岁，一个才九岁。大家又赞又叹，贾母赏他们肉果和红包，凤姐眼尖，抿着嘴笑说这小旦活像一个人，宝钗心里有数，淡淡一笑，嘴里却不说。宝玉也猜着了，但不敢说。

史湘云这心直口快、豁露天真的女孩，一点也未防范——"嗯，我知道，像林姐姐的模样！"

宝玉连忙递眼色给湘云，其他人听说，留神细看，不禁莞尔。

晚间史湘云更衣时，已经要随身的丫鬟翠缕收拾好行李，翠缕不解，湘云却说：

"明儿一早就走。留在这里做什么？白白看人家挤眼睛弄鼻子，好没意思！"

湘云原有一张开朗明丽的脸，生动而活泼，说起话来尤其爽脆可喜，只是舌头有些转不过来，明明是叫宝玉"二哥哥"，结果成了"爱哥哥"，常常惹得黛玉在一旁觉得好笑。然而越是如此，反替湘云行止间添了一份孩子气的可人。她是贾母的侄孙女，父母早亡，跟着叔婶史鼎夫妻一处住，婶婶总有永无休止的针线要她做，手头又紧。贾母怜她，常嘱她到贾府来。湘云好像从天生里，就带来一段晴阳和风的性格，她的遭遇，旁人看了要抹泪，她自己倒已经化解了愁云惨雾，自自然然，没有一点儿咬牙苦撑的艰辛。

她说要回去的话是当真的，宝玉知道史湘云是不作兴矫情作态的，心里一急，就用手拉她：

"好妹妹，你错怪了我。林妹妹是个多心的人，别人心里清楚，不肯说出来，不过是怕她生气。谁想你不小心，就脱口而出，我是怕你得罪了人，所以才使眼色，你现在恼我，不仅辜负了我，而且还委屈了我。若是别人，就算她得罪十个，又与我何干呢？"

湘云不吃这一套，甩开手直嚷，别花言巧语哄人了——

"我原不如你林妹妹。别人说她，取笑她都不要紧，只我说了就有不是。我嘛，原不配和她说话，她是小姐主子，我是奴才丫头，得罪了她，使不得，对不对？"

"我是为你好，反而又不对了。我如果别有用心，立刻化成灰，叫万人踏脚顿足。"宝玉一张脸都急红了。

"大正月里，少胡说八道。这些乱七八糟的歪誓闲话，你去说给那些小心眼、爱使性子、专门会管你的人听去，别叫我让你在这儿挨骂受训。"

湘云说完，一阵风似卷入贾母屋里，怂怂躺着。

宝玉无趣，只好又来找黛玉。刚到门口，黛玉一把推他出来，把门重重关上。宝玉一头雾水，在窗外一径连声叫"好妹妹"，黛玉总也不睬。宝玉闷闷，尽管垂头站着。黛玉想他走了，起身开门，一见还是宝玉，一时不好再关门，只有抽身上床躺着，宝玉跟了进来：

"凡事都有个缘由，说出来也不委屈。好端端就生气了，到底为什么呢？"

"问起我倒好，我也不知道呢。我原来就专给你们看笑话的，拿我比戏子——"

"我又没有比你啊！我没笑话你，为什么要恼我？"

"你还要比！你还要笑！你不比不笑，比起别人比了笑了还要过火呢。"

宝玉无可分辩，黛玉还不放过——

"这一件倒也算了。为什么你要和云儿使眼色，存的什么心？是不是她和我玩闹，就是她自己轻贱了，对不对？人家是公侯的小姐，我是民间的丫头。她和我玩闹，如果我回嘴呢，那就是她自找的轻薄，对不对？你也是一番好心，只可惜呀，那一个偏不领你的情，人家也生气了。这还不够，你还要拿我做人情，倒说我小心眼，爱使性子，又怕她得罪了我，我会气她——对！我就是气她恼她，又干你什么事儿？就是她得罪了我，又犯你什么了？"

宝玉这才知道，黛玉听见他和湘云的私谈。扪心自问，他这么小心翼翼，两头里低声下气，委曲求全，还不是怕他们两个彼此怨着，生气伤了和气，也伤了身体精神，于是才这么从中调解，不想不仅没和解，反而两边都遭数落。

哎——

宝玉长叹，心不能静。何苦呢？真是何苦！他若不是这么小心设法，他若干脆粗枝大叶，管人家什么感觉，什么生气不生气的，这一场麻烦不就没了吗？看来，他的思虑完全多余，就麻木不仁反而平安无事。突然想起最近读到的《庄子》——巧者劳而智者忧，无能者无所求，饱食而遨游，泛若不系之舟。真的呢，增加智慧就是增加忧愁，还不如浑浑噩噩，这样就不会生出任何期许或比较之心了，没有期许，没有比较，就不会有得失，没有得失，那么又该怎样轻松，可以无边遨游，像一叶来往自如的扁舟……

庄子真是通解人世，只是自己本不是这样的人，无法作如此超脱之想，想着想着，越觉无趣。也只不过是两个姐妹，自己在其中，还一片手忙脚乱，不得宁静，那么他又还能做什么呢？

一阵心灰意冷，他不想再做辩解，默默转身回房。黛玉见他不开口，自己更觉没意思，心头气更盛——

"你去！你去！你这一去，一辈子也别想再来，从此以后，我们不用说一句话了。"

"赤条条，来去无牵挂——"

对鲁智深那个胖大的酒肉和尚，宝玉此刻像是重新有了一份体悟，想他醉打山门，英雄末路的苍凉，想他被众人摒弃，必须独自一人芒鞋破钵，走上茫茫征途。

是的，到哪儿去讨一副可以庇护烟霜风雨的斗笠蓑衣呢？如果真有这样防风防雨的衣物，哪里还怕一人独行走遍天下？

他细细回味起自己和每位女孩的种种牵扯。

　　为什么迟钝鲁蠢的自己，偏偏对女孩儿却是灵透的体贴、丰富的热情。算了，从今以后不理会她们吧！再也别理会她们!

　　和黛玉，好一阵气一阵，从小一块儿亲密长大，不分你我——郎骑竹马来，绕床弄青梅；同居长干里，两小无嫌猜。黛玉在他面前真的是百无禁忌，没有一丝隐晦；然而两个人还是常常起一些不必要的争执，宝玉稍不忍让，就是狂风暴雨，把两个人吹卷得不成形。

　　以为宝玉把她亲手缝的荷包给了旁人，也不由分说，拿起剪子，就把正在为宝玉做的一半的香袋铰得稀烂，宝玉也气不过，把在怀里的荷包甩了过去，黛玉又要赌气毁了……

　　不高兴他到宝钗屋里玩，他去好心宽解，倒是又惹一场口角。宝玉是怜惜她受闷气伤身子，黛玉偏要说——"我作践我的身子，我死我的，与你何干？"宝玉笑她无理取闹，倒不如他自己死了还干净些。两个人死呀活的，千般恶咒赌向自己，只不过要气对方，气得对方心疼后悔了还不罢休。争执到后来黛玉必要牵出宝钗来，醋坛掀了，一阵酸意。其实，宝钗怎么能和黛玉比呢？黛玉是世上唯一的绝对真理，无可替代。若失去黛玉，其他的女孩，虽也怀有深情，却是分量彼此差不多，竟无须计较坚持了。他对黛玉再三说，就关系言，他们俩姑舅表亲要比两姨表亲更近些；就次序言，宝钗也是后来认识的，他断断不会有无故越分的道理。黛玉羞了，她才不管什么远啊近的，她只是"我为的是我的心！"宝玉也说"我也为的是我的心"……

　　和黛玉已是有牵扯不完的甜蜜与苦涩，更哪堪其他女孩呢？他绝不是见一个爱一个要一个，他是打心眼里赏爱每一个女孩各种不同类型的美，也打心眼里要她们开心快乐，他有一种天真的想法，可爱好玩的人要永远在一起的。前一阵子和屋里的袭人等闹脾气，一个人冷清清的好没意思，后来倒被他给解决了，干脆啊，一横心——"只当她们死了，横竖自己也要活下去的"。这样一想，反倒毫无牵挂，在灯下饮茶读《庄子》，颇能怡然自得。

　　单纯空无，常是一帖良药，任是百病缠身，也可一药而愈吧！要天下人耳聪，首先就要把什么六律给搅乱，乐器毁掉，音乐家的双耳塞住才行。要天下人眼睛明亮，也得首先毁了扰乱我们眼睛的文章五彩。不要什么外在的繁褥，只要单纯事物的本心本质……所以那次宝玉能够享有一个平静的夜晚，就当这些女孩子们都死了，既已到了"死"境，这些害人的本身消失了，自己就犯不着为消失不存在的东西苦苦费心，所以要天下太平，要自己宁静的根本之道，就须毁了这些扰乱自己的美丽，宝钗的仙姿，黛玉的灵巧……和这些美丽在一起，宝玉永远是意乱情迷，被她们的光彩吸引，于是找不到自己……

　　可惜只是一个夜晚的宁静，第二天他又把刚刚把握到的一点体会，扔在九霄云外；又情不自禁，陷在那些美的迷恋与关怀里。

　　所以，才落得今天这样的下场。

　　宝玉心境更苦，鼻子酸楚——

　　"赤条条，来去无牵挂。"

　　仿佛四大皆空的一个袈裟人影，在寂天寞地间，踽踽独行。

　　不可说不可说，佛说不可说。而今而后，再也不必说了。

他翻身站起，来到书案前，举起笔来——

"你证我证，心证意证。是无有证，斯可云证。无可云证，是立足境。"

是的，就是这样，他心里闪起如豆一灯，幽光微微照进，人也暖和起来。

又担心别人不解，于是也用了"寄生草"的曲牌，写在"是立足境"后，自己又念了一遍，很有天清月明的开朗，于是上床睡去。其实这一群人，宝玉、黛玉、湘云都还是孩子，做什么事还是出于一时兴起的情形多。拿宝玉来说，才想通"无可云证，是立足境"，却还要担心别人看不懂，那么他求为人知的心何尝摆脱？还说不可说呢，倒是说得更多了。

黛玉哭着看宝玉无言离开，竟不像往日光景，想矜持着不理，又忍不住借口来找袭人，来了才知宝玉已睡。正要走，袭人把案上宝玉写的东西拿给黛玉看。黛玉一看，扑哧笑叹一番，带回屋里。第二天，和宝钗、湘云共同研究。本来宝玉为湘云受气，此刻女孩们早已和好，宝玉还兀自痛寻彻悟之道呢！

宝钗怪起自己来，不该和宝玉说些什么"没缘法""赤条条"的话。这些道书机锋，给宝玉这样痴心傻性的人看，清明的智慧得不到，倒会疯疯癫癫起些惊世骇俗的念头，说话间已经把宝玉写的给撕毁了。

黛玉却一副成竹在胸的模样：

"走！我们去宝玉那儿，我包管让他收了这痴心。"

"宝玉，我问你：至贵者'宝'，至坚者'玉'，你又有什么可'贵'，什么可'宝'？"

黛玉笑着问宝玉，湘云、宝钗在一旁，这么突如其来的一下，宝玉怔了怔，答不出话来。

"这样愚钝，还想参禅呢？"钗黛取笑着，湘云也一旁拍手喊"爱哥哥"输了。

"你说'无可云证，是立足境'，固然好；但我看呀，这还不够彻底。要是我，我就要续两句'无立足境，方是干净'！"

黛玉一席话，说得铿锵有致，宝钗也在一旁款款补充起来。

"无可云证，是立足境"，就和当年神秀所说"身是菩提树，心如明镜台。时时勤拂拭，莫使有尘埃"是相类似的心境，这两者都还是有所拘执，"立足境""明镜台"还存着受制于物象的妄念。

而"无立足境，方是干净"，差不多要和惠能的"菩提本非树，明镜亦非台。本来无一物，何处惹尘埃"境界类似，都可说是更为明彻的通悟了。非树非台，又何来尘埃之有呢？若不打破一切物象的最后藩篱，人心永远拘拘束束，苦于贪，苦于嗔，苦于痴的。唯有不再拘于任何的局限，甚至连这个不再拘执的念头也没有了，到那时才真是万里无云万里天了。

所以，五祖会把衣钵给了惠能，因他悟道更深一些。

宝玉原来以为自己已是大彻大悟了——

　　　　赤条条，来去无牵挂。

　　　　无可云证，是立足境。

　　　　无我原非你，

　　　　从他不解伊。

　　　　肆行无碍凭来去。

> 茫茫着甚悲愁喜？
>
> 纷纷说甚亲疏密？
>
> 从前碌碌却因何？
>
> 到如今，回头试想真无趣。

　　他原本想着：自己的苦痛不外来自心头一念罢了，如果这层"我执"的念头撇开了，我以外的"你""他"也就相对失去了意义，既无意义，一颗心不再受牵连之苦，当然就可以"肆行无碍凭来去"。没想到这种想法的本身还是执着，还是无明。

　　以为自己已经寻到了什么智慧的灯火了，看来自己还远不及这些姐妹们，这些姐妹们在认知上对这些道理比他了解得更多，却还是未达智慧的解悟之境，何况浅学的自己，岂不自寻苦恼吗？

　　宝玉哑口无言，不禁失笑于昨晚的洋洋自得了。

　　四个人又玩在一处。就算偶尔飘来的一丝雨，偶尔吹来的一片风吧！任是怎样和睦的甜美的感情，也会稍稍沁出苦涩来。

晚春心绪

　　温柔的风，从东方吹来，抚过千万管竹的乐队，绿叶摩挲着，青色的竿子轻轻撞击，低低奏鸣一阕"幽篁"的曲子。风、阳光和千竿竹子正在玩一场斯文的游戏，弄得满园细碎的影子，幽幽晃动。

一撮微红晃动着，炉上的药香涨满了一室。黛玉在床上伸懒腰，一边还惦着普救寺西厢院房里的崔莺莺，竟不自觉低低吟起——"每日家情思睡昏昏"，念着念着，人仿佛进了苍苔露冷的一个院落。

自从不久前园里扫桃花时，无意发现宝玉的宝贝小人书以后，自己的心灵就又多了一个更广的去处。

还是书童茗烟给宝玉弄来的绝妙好书，什么《唐人传奇》《元人百种》，还有《西厢记》《牡丹亭》……宝玉看得痴迷，而自己呢，才是展书，已经舍不得放下，宝玉慷慨借给了她，她就如此沉醉在一个热烈芳香而迷人的世界。

她喜欢这簇新的潇湘馆，大表姐元妃回宫以后，惦念着家中诸姐妹，以及那个大园子，于是下旨要姐妹们搬进去住。这些正当黛绿年华、豆蔻梢头的女孩，一个个冰雪聪明，兰质慧心，吟咏唱叹，一旦住进园里，于园于花于人都只有更加好了，也不致佳人落魄，也不致花柳无颜，本来是姐妹才得进去。但想若把宝玉冷清一旁，必定不妥，所以宝玉也俨然成为女儿国里的一员。宝玉住怡红院，黛玉是潇湘馆。

潇湘是古老的两湾流水，传说娥皇、女英水边哭泣丈夫的离世，眼泪滴下，化作悲哀美丽的潇湘斑竹。黛玉被神话一般的凄美包围着，也像成了神话王国的痴情女子。

她爱在自己的潇湘馆，展读《西厢记》《牡丹亭》，那里的世界真真要令她震撼；吃惊以后，是一种彼此脉连的流泪感悟。

她想到莺莺最后放弃矜持的热情，她想到杜丽娘在南安后园渴求被爱的梦境，黛玉又要赞叹又要害怕，少女的心灵都是这样热烈的吗？她仿佛面对了一个赤裸的自己，又有一种不能相信的矛盾。

情感固然撼人心弦，那里边的喟叹，对生命短暂的喟叹，对理想梦境的不懈追求，对春光对明月的刻画，都像指尖拨过琴弦，响起一串心灵的玲琮。

就是撞见宝玉读《西厢》的那一天吧。回屋时，打梨香院墙经过。三月天，桃花已辞枝，一阵红雨纷纷坠落。突然听到女伶的群唱从院墙飘过，她本来并无心多加留意，但是歌声还是一字不落地听进耳里——"原来姹紫嫣红开遍，似这般都付与断井颓垣"，黛玉心头一跳，好像已经感觉华美里的一份衰残了，心被牵扯得一阵微痛，忍不住就停下脚，侧耳细听——"良辰美景奈何天，赏心乐事谁家院"。她点头自叹，这才知以前太忽略戏曲里的文采词章了。沉思间，又错过了几句，后悔不迭，再认真听去——"则为你如花美眷，似水流年"，如花美眷，似水流年，美丽的飘忽短暂啊！她觉得心跳得快起来，眼前好一阵黑——"在幽闺自怜"，她简直站不住了，几乎醉倒痴倒，便一蹲身坐在一块山石上。

如花美眷，似水流年。

江水无边流去，春光老，花儿谢了；年年如此，好像一点不涉感情地重复上演天地间永远的剧本。

水流花谢两无情。

流水落花春去也，天上人间。

花红水流落，闲愁万种。

刹那间，千树缤纷的桃花坠落着，千江悠悠的流水奔流着，那其中好像有一个孤寂人影,是杜丽娘,是李后主,是崔莺莺,是自己。

泪眼模糊里,她再望向春天的园林,觉得整个地方好像重新再造,不一样了。一些烟云的旧事,一些甜蜜,一些甜蜜的忧伤,波涛席卷而来。她一任心灵的闸门大大敞开,一任潮水拍打自己,好像清醒,又像晕眩;好像高飞,又像沉溺;好像死去,又像复活……

像这样震撼于美的经验不是没有,但是这一次却这样新鲜而强烈。这以后,她每每对天对地对宇宙对青春对自我都有一番重新的思索,重新的体悟。

她渐渐长大,心里原有些不成形的东西,也都逐渐清楚起来。她不是一个容易快乐的女孩。一方面是身体的疼痛,她常咳嗽,肺特别弱,着一点凉,就会升起热度。也许从小这病痛就剥夺了一个孩子应有的健康与快乐。另一方面,她总是在一种失去的恐惧中,她爱她的母亲,然而她却不能像其他女孩子一般长期享有母亲的爱。她像怀着一块易碎琉璃,终日小心呵护,但还是碎了——母亲溘然长逝。后来,父亲也是一样的情形。

宝玉是她生命里另一块易碎的宝贝吗?

想到这个人,她忍不住又是甜美又是忧伤,他们也有过一些好时光。脸上罩张绢子,身子轻松地躺在床上,有一搭没一搭说些鬼话。宝玉最会编故事逗她,什么扬州城黛山林子洞的老鼠偷果品,最后要偷香芋,小老鼠摇身变了个最标致的美人儿,"香芋""香玉",任是怎样的"香玉",也不及林家的小姐"黛玉"来得又香又美。听得黛玉一愣一愣的,最后恍然大悟,忍不住,又要捶他。他就是这么一个通体透明聪灵的人物,好贴心。

然而，所有她爱的东西，好像都不能让她拥有，宝玉呢？宝玉呢？

来到外祖母家，虽然大伙儿对她是无话可说的好，但她本身是矜持的，是不善玲珑周旋的，她常觉得自己根本不属于这里，尤其和宝钗比在一起时，她简直处处不如。大家都喜欢宝钗，长辈、小辈、下人，连宝玉也要夸宝姐姐好。只有宝钗这种人才适合在这个大家庭生活。

好在她有潇湘馆，执起笔，展开纸，她能一手筑起让人称羡不已的诗文城堡，这一刻，她是尊严无比，她是闪亮的一颗星。潇湘馆，有她疼爱的一尾鹦哥，而在迟迟日光里，调弄着鸟儿，教它吟诗，又是怎样心怡的事。紫鹃也是她的好朋友，非常懂她，也敢说真心话劝她。丽娘有春香，莺莺有红娘。她也有一个聪明、讲义气、重感情的紫鹃。

"啊，每日家情思睡昏昏。"

从一场昏昏沉沉的眠思梦想里起来，她又下意识学起《西厢记》里崔莺莺的语气。

"为什么'每日家情思睡昏昏'？"

宝玉掀着帘子进来，活泼温暖的眼神里隐隐奔蹿小小一撮火苗。

她羞得拿袖子遮了脸，又翻身装睡。

宝玉来扳她的身子，那边有婆子叫宝玉别吵小姐的睡觉。

黛玉倏地坐起：

"谁睡觉呢？"纤手轻轻推去散落的发丝，双眼还迷蒙着睡意，两颊粉色的睡痕犹浓。宝玉的神魂，像风中飘荡的旌旗，他歪在椅子上，呵呵笑道：

"你刚才说什么？"

"没有啊！"

"还不承认呢！我都听见了。紫鹃，把你们的好茶倒给我吃。"

"别理他，紫鹃，先给我舀水洗脸！"

"他是客呢，姑娘！自然是先倒茶再舀水！"

好丫头，"若与你多情小姐同鸳帐，怎舍得叫你铺床叠被"。宝玉一忘形，不免把《西厢》里，张生打趣红娘的话引出来了。

黛玉的脸登时变成了冬天——

"二哥哥！你说什么？"

"我何尝说了什么？"

黛玉哭了起来，指责宝玉把外面听的不正经话，学了来说给她听；看了混书就拿她来开玩笑，她"成了替爷们解闷的"，说着就往外面走。

宝玉一下子慌了，以为她要去父亲那儿告状，就诅咒自己嘴上长疮。正说着，只见袭人来告知老爷叫他，一波未平，一波又起，也不顾林妹妹，疾疾走了。

黛玉一时忘了哭，也替宝玉担心起来，宝玉才大病初愈。先是脸被油烫伤了，都是宝玉同父异母的兄弟贾环使坏，因为贾环猥琐粗糙，不成才，最嫉妒宝玉得宠，就故意失手推翻蜡灯。贾环的生母赵姨娘生性糊涂，看着宝玉眼红，又恨凤姐得势，竟然和宝玉寄名的干娘马道婆联合施计，要作法害死凤姐和宝玉。她头脑简单，以为除去这两人，儿子和自己就可出头了。

黛玉还记得宝玉和凤姐发病的可怕模样，胡言乱语不说，力气来得惊人的大，拿刀弄杖，寻死觅活。后来躺在床上，人事不省，浑身滚烫……正在绝望间，一阵隐隐木鱼声响，满头癞疮的一个和尚，眼睛却蓄着宝光，还有拖泥带水的一个道人，两足颠跛，但难掩脱俗的一股仙气。

他们也不用符水，只笑贾政一味舍近求远，明明家中的稀世奇珍，却不知利用，贾政便猜是宝玉落地时的口中美玉了。

和尚把玉擎在掌中，嘴里呢呢哝哝，旁人听也听不懂的什么"青埂一别十三载"呀，什么"锻炼通灵后……人间惹是非"又是"沉酣一梦终须醒"之类。把弄一回，又说些疯话，命贾政悬玉卧室，三十三天后就会好起来的。

经过这次意外，宝玉身体因静养反更强壮。但在病床时，黛玉着实悬心，病好后又"阿弥陀佛"念佛称谢，关怀的殷切，竟不能掩，惹得宝钗在一旁好好调侃了一番。

但宝玉去了大半日，一点消息也没，黛玉更急了。他知道二舅舅最为宝玉所畏惧，不知父子之间又是怎样的难堪了。晚饭后，听说宝玉已回，就想问问情形，遂走向怡红院。

其实，宝玉下午一点事也没有，是薛蟠想出的诡计，他想找宝玉出来一齐享受一些好吃的东西，就要书童茗烟假传圣旨，害得宝玉虚惊一场，黛玉一个下午都不安宁。

黛玉远远看见宝钗进了怡红院，自己则先被沁芳桥下的各色水禽吸引住了，看了一会儿，这才再往怡红院来。

大门关着，她叩门。里边的丫头晴雯正在生气，又怨宝钗来扰，就一口回说：都睡了，明天再来。黛玉不死心，想必是里边没听出是她，说"是我"，晴雯没听出声音不打紧，又赌气添上一番话，"凭你是谁，二爷吩咐，一概不放人进来"。

黛玉一时气怔了，本想理论，但再想自己毕竟是寄居做客，无依无靠，认真起来，反倒没趣，想着想着，热滚滚的泪珠淌下来。正进退两难，听见里面传来宝玉、宝钗的笑声，黛玉益发动气起来，少不得以为是宝玉还在恼她，以为她当真生气去告了舅舅——说宝玉拿不正经的话来羞她。

"我何尝告状去了？你也不打听打听，就气我气得这样？你今天不让我进来，难道我们明天就不见面了吗？"

黛玉越想越伤感，也不顾夜露冷、夜风寒，就一个人站在墙角花阴，悲悲戚戚，呜咽起来。

"忒——"一声，惊飞起鸟群来。连飞鸟也不忍听这哭声，而群花也要无情无绪了。

"嘎——"门开了，宝钗出来，宝玉、袭人送客。黛玉本想上前去问，又觉当着众人不便。等人去门关，一切都安静下来，这才一人从角落里默默流泪回到潇湘馆。紫鹃、雪雁早已习惯女主人的好哭，反正劝也不听，就随她去了。黛玉草草洗去脸上的残妆，只管倚着床栏杆，眼睛含着泪，木雕泥塑，直坐到二更天。

第二天，四月二十六，这日未时交芒种。芒种一过就是夏天，春去也，群花的任期也满了，为表心意，要替花间诸神举行饯别之宴，这在闺阁中也是年度的盛事。大观园本是女儿国，如何能忘？

天才透亮，百草千花，群木众树都已绣带飘摇了，花瓣柳枝编成轿马，也好方便花神远行；更有绫锦纱罗叠成干旄旗帜，显得送行花神的阵容更为壮丽。花树固是经过一番着意装扮，那些水般的女孩儿，更是好好穿戴打理，务必动人眼目。

黛玉二更才睡，早上起迟了，怕姐妹们笑她痴懒，匆匆梳洗出来。才踏入院里，只见宝玉进门来了！

"好妹妹，你昨天有没有告我的状呀！害我担心了一夜呢。"

黛玉看也没看他一眼，回头吩咐紫鹃：

"把屋子收拾了，下一扇纱屉子。看那大燕子回来，把帘子放下来，拿狮子倚住，烧了香，就把炉罩上。"她说的狮子，是一种石雕带座的小狮子，用来顶门压帘用的。

宝玉知她不高兴，以为还是为昨日白天的事，拼命作揖打躬，黛玉只是一个正眼也不瞧，径自出了院门。

宝玉跟着她，到了园里，姐妹们早已来齐了，连文静的宝钗，也忍不住想扑扇捕捉翩飞的粉蝶儿。探春迎上来和宝玉说话，等说完话，宝玉又不见黛玉了，他知她真的气了，但又不像是气闹《西厢》玩笑的事儿。他坠在雾里，决定等两天，她气消一消再说。

凤仙、石榴，各种艳色的落英重重堆了一地：

"都是她生气了，也无心收拾这些花了，还是我来吧！"前不久，宝玉还看见黛玉在收拾桃花呢。

他把花兜了起来，登山渡水，过树穿花，一直奔到那日和黛玉葬桃花的去处。眼见花冢就要到了，却听见一行歌哭之声。

花谢花飞花满天，红消香断有谁怜？

正是呢！柳枝的轿马，绫锦的帜旗，世人只是欢欢喜喜送春归去，替花神办个热热闹闹的饯花会。但是，有谁曾经想到美丽和芬芳的死亡，残落的颜色，逝去的香气——

闺中女儿惜春暮，愁绪满怀无释处。手把花锄出
绣帘，忍踏落花来复去。

啊，是哪一颗深闺女儿心，要在晚春的时节，动了一份怜
惜落花的真情呢？宝玉想起三月中旬的一个晨间，在桃花的红
雨里遇见黛玉的情形，她肩担花锄，锄上挂着纱囊，手里执着
花帚；那时黛玉说落花如果随着流水，到了外面肮脏的世界，
反是折辱了清白的花朵，她早已在角落里替花儿筑了一个永久
的家——落花的坟场呢。

一年三百六十日，风刀霜剑严相逼。明媚鲜妍能
几时？一朝漂泊难寻觅。

短的是人生，长的是磨难；短的是明媚鲜艳，长的是风为
刀霜为剑的凌厉相逼。鲜媚消逝，竟连一丝淡影都捕捉不到。
歌吟仍然未尝辍止，宝玉在歌吟里神魂扑翻滚打。花容在
风雨里的飘摇，洗尽了生命的颜色，花容根本就随春神远行，
找不到了。而少女原也是春花一枝，有一天，黛玉的花容也会
不见了，找不到了……宝玉一阵骇异。

愿奴胁下生双翼，随花飞到天尽头。

是的，让两肩生出一对高飞的翅膀，这样就可以陪花一程，
一直飞呀飞呀，飞到天涯的尽处。

天尽头，
何处有香丘？
未若锦囊收艳骨，
一抔净土掩风流。
质本洁来还洁去，
强于污淖陷渠沟。

然而，天涯的尽处，又能找到一处芳香的坟场吗？还不如此刻就用我锦织的囊袋，收拾花儿艳色的尸骨，让这一撮干净的泥土，来掩埋花儿你一生的风华情韵吧！花儿呀花儿呀，你原是这样纯洁干净地来到世间，我但愿你也这样纯洁干净地回归到你所来的原始之地，千万不要沉沦在污泥的沟渠里啊！

尔今死去侬收葬，
未卜侬身何日丧？
侬今葬花人笑痴，
他年葬侬知是谁？
试看春残花渐落，
便是红颜老死时。
一朝春尽红颜老，
花落人亡两不知！

春残花落，就是青春红颜走向死亡途中。那一刹那春天走了，人也老去，花和人，人和花，花落人死，人死花落，永远不能知解的无奈啊!

　　黛玉落着泪,把残花落瓣一一收拾。对于花草,她原系有一份特殊奇异而亲密的感情,好像晤对自己的骨肉同胞,甚至是她自己一样。花在风雨里飘摇,还挣扎着吐香放红,这份坚持,更使她心痛,花总是那么干净,好像粉嫩婴孩的肌肤。而世上的人只看得见花朵的盛放,却少来关怀花朵的死亡。黛玉已不忍看鲜媚变作苍白,更怕花瓣随水流出大观园去,外面的世间,她一想就要嫌恶,那样人烟污浊。

　　所以,她找到一个僻静之处,悄悄替芬芳的伙伴,寻一个安眠的干净之地。

　　她算是为花尽了心,退想自己,将来是谁为自己尽心呢?她不敢想下去,却听到痛哭之声,正疑惑还有哪一个像自己一样的傻人呢?发现原来是宝玉,怀里的落花撒了一地,人已扑倒在山坡上。

　　宝玉听着凄婉的歌声,想到有一天,黛玉的花月颜貌也会消逝呢;消逝后就不能找到了,多么心碎肠断的痛事,黛玉如此,那么其他的呢?宝钗、袭人……这些人都不在了,自己呢?自己都不知了,那么这个地方,这个园子,这些花,这些柳,又不知是谁家来做主人了……一而二,二而三,三而无穷,这样思索的终极,唯一的出路是——根本跳脱大造尘网,逃出轮回之外,方可真正逍遥开怀。

　　黛玉啐了一口:

　　"原来是这个狠心短命的——"刚说到"短命的",又把口掩住,长叹一声,抽身回去。

　　宝玉不见黛玉,知道她还在躲他,抖抖土,百般无味,往怡红院的归途踏去，远远看见黛玉纤丽的背影，便越过前去。

"你且站住！我知道你不理我，我就说一句话，从今以后就撂开手。"

黛玉听说"只一句话"，本不想理的，倒又站住。

"好，只一句，就撂开手！"

"两句话说了，你听不听？"宝玉笑着讨价还价。

黛玉拔脚就走，宝玉在她身后叹道：

"哎——既有今日，何必当初？"

"当初怎么样？今日又怎么样？"黛玉忍不住，回身相问。

"当初姑娘来了，不是我陪着玩笑？凭我心爱的，姑娘要就拿去，我爱吃的，听见姑娘也爱吃，连忙干干净净、小小心心收好，一心留给姑娘。一个桌子上吃饭，一个铺榻上休息。丫头们想不到的，我怕姑娘生气，替丫头们都想到了。我还不是想，兄妹们从小一块儿长大，亲也罢，热也罢，就是要格外和气，才显出交情更好。现在呢？谁指望大小姐人大心大，不把我放在眼里，三日不理，四天不见，倒把老远的不相干的'宝姐姐''凤姐姐'放在心上。我又没个亲兄弟亲妹妹——话说是两个，难道你不知是隔母的？我也和你一样，独出独生，只担心你也和我一样孤单的心——谁知我是白操了一场苦心，有冤无处诉！"尾声已带哭音了。

黛玉心内不觉灰了大半，也滴下泪来，低头不语。

"我也知道，我是不怎么样的，但再不怎么样，倒是万万不敢在妹妹跟前有错处。就是有一二的错，你就告诉我，训我骂我几句，打我几下，我也总不灰心的，谁知你总不理我，叫我摸不着头脑。我一个人少魂失魄，不知怎样才好，就是现在死了，也是死得不明不白的屈死鬼，任凭高僧高道忏悔，也断断不能超生了，还得你说明了缘故，我才得托生。"

"你既这么说，那我问你，为什么昨晚我去找你，你叫丫头不开门？"

"这话从哪里说起？我要这么着，立刻就死！"

"呸！大清早，死呀活的，也不忌讳！你说有就有，没有就没有，起什么誓？"

"真的没听你叫门。晚上就是宝姐姐坐了一坐，就回去了啊！"

旌旗在枝上晃呀晃，最后一阵晚春的风。夏天的浓绿已经迫不及待地要挤进园子。一场饯花会——生气、猜疑、恼怪、伤心、悲哭，到这时渐渐是初夏丽日的光景，不拖带任何云雾阴影的温暖天空。

胭脂的代价

放下饮尽的酒杯，再执起一朵甜香的木樨花，蒋玉函微微含笑，一双流转的眼眸望向宝玉，执花的手指轻情翘起。

这是一个不寻常的人物呢，好似从幻丽风情的舞台，突然走向酒食筵席的真实人生，让人不能置信，却忍不住再三盼顾。

是将军之子冯紫英的家筵，在座还有薛蟠，宝玉，锦香院的妓女云儿，唱曲儿的小厮们，听说这个蒋玉函是反串小旦的，宝玉第一次见到他。

饮酒的规矩是宝玉定的，要说唱一段女儿的悲、愁、喜、乐，唱个新鲜曲子，吟哦诗词成语。这吟诵里必须包含席上能见之物。

名堂不少，但大伙儿都尽兴，尤其薛蟠斯文不起来，什么粗话都冒出来了，大伙儿又是一阵笑骂。宝玉已经唱了一段《红豆曲》，是云儿琵琶伴奏——滴不尽相思血泪……开不完春柳春花……展不开的眉头，捱不明的更漏……恰便似遮不住的青山隐隐，流不断的绿水悠悠……

轮到蒋玉函，说唱后干杯，却自谦不懂诗词，恰巧昨天才见一副对子，就只记得这句，正好席上也有这件东西。于是顺手执起木樨花来，念道：

"花气袭人知昼暖。"

薛蟠不安分，又跳又嚷，眼看着宝玉，手却指说蒋玉函该罚。蒋玉函一头雾水，不解这句诗又冲撞了宝玉哪一点。

原来蒋玉函不知情，竟斗胆道出宝玉心腹丫鬟的名字——袭人。

袭人姓花，宝玉嫌她原来的名字不好，就用了陆游现成的诗句，改唤"袭人"，就单这个名字，也被贾政嘀咕了，就觉宝玉心思精神都用在这些闲杂小事上。

袭人的温柔和顺，性情之好，丫鬟里无人可比，而且办事稳妥牢靠，又肯忍让，识大体，很得老一辈家长的喜爱。

云儿把这一段情由说出，少不得蒋玉函又起身赔罪一番。眼里有谦抑的歉意，又有满溢的心仪。宝玉非常心动于他的风度，两人就一前一后趁势出了喧闹的酒席，站在廊檐清静处，安安静静说几句真心话。

"有空到我那儿坐坐！对了，顺便问一句，你们王府戏班子里，有一个琪官，名满天下，可惜我无缘相见。"宝玉紧紧握着他的手，好像只有这个姿势才能表达自己的真心和热情。宝玉对于才情高又擅演艺的人，打心眼里是一份赏爱，尤其是舞台工作的男性，举手投足，不带世俗男子的粗俗蠢重，他有一种隐隐的感觉，猜这蒋玉函极可能是非常出色的伶人。

"呃，承蒙过奖，琪官正是我的名字！"

"有幸！有幸！果真人如其名，不是虚妄之词了。今天算是第一次见面，要如何是好呢？"

跌足欣叹间，宝玉已取出袖中扇子，并摘下一粒玲珑可喜的玉质扇坠。蒋玉函也撩起衣裳，取出贴身的一条汗巾子，大红的颜色，轻软细致，说不出的透体通凉。扇坠子和巾子都还带着主人身上的气息呢。

宝玉再把自己身上的解下来，他的这条是近似松花嫩绿的颜色。两人交换了一红一绿，也分别重新系上了一份崭新的相慕相知情谊。

回家后，袭人看见宝玉的扇坠不在，就知宝玉一定又是私下赠给什么人了，虽然宝玉口里说丢了。宝玉具有一种真正的慷慨，但在旁人看来，有时候颇不近情理，尤其袭人，她是怀着期许宝玉的心，总喜欢这主子能专心读书，少胡思乱想，少游手好闲。为了箴规宝玉的一些习性，她什么法子都试过。尤其她深知宝玉孩子气的痴心，只愿花常好，月常圆，人常在，竟连一点花谢月缺人去的想法也不能容忍；于是趁着一次回家的机会，就吓唬宝玉说自己迟早要离开园子的，一定有去之日。宝玉果真听呆了，百般款求，袭人才说出条件：第一，至少要装出个爱读书的模样，省得贾政烦心，闹得全家不安；其次，不得像小时候一样，尽爱黏着女孩儿，闻她们脸上的脂粉香，甚至索性要啄一口。如果这两点做到，再也没人能逼她离开这儿。

当然，袭人这席话是为箴规宝玉的劣习而说的，但另一方面她还是更想得到一个承诺，大凡像她这样出身的女儿，家里的日子远不及在贵族豪富之家，物质不及是因素之一；而贾府待下人的宽厚，尤其是让人感激的，由奢入俭难，一旦已经习惯于一个宽敞、裕如、富足的世界，要她再回到那个壅塞、贫窭、挤迫的出身之地，她是无论如何也不回去了。

另外，另外还有一个秘密，只有她自己的心跳呼吸才知道的秘密，她希望成为宝玉生命里的一个人物，自己的名字是宝玉起的，她的新生命也取决于他，她既有这样的姿容与才质，又拥有登门贾府、服侍宝玉的机缘。那么，她无论如何是不甘流于庸俗平凡的生活窠臼，像她自己家里的姐妹们，大了就随意配给做活的粗人，一辈子挣扎于柴米操劳的窘迫里。并不能指责她嫌贫爱富的心态，人总有为自己争取自己幸福的权利吧！她希望能在大家族里巩固起自己的王国，她的权柄，她的荣耀，以她的出身，她应该可以做到平儿、赵姨娘的地位——做主人的侍妾，这些想法并不是怎样的过失吧！

而且，她把少女最宝贵的身体都献给宝玉了，还是那年去东府赏梅花，宝玉午睡惊醒，起身解怀整衣，袭人替他系裤带。这些贴身服侍的工作，一向是袭人的职分，她伶手俐脚轻巧活柔。但在伸手间，被一片湿渍冰凉吓了一跳，她竟无意间触及一个成长男孩的肉体秘密，彼时宝玉才懵懵懂懂从梦里温柔女性的迷情中醒来，竟然不自禁就将袭人拥入怀里，袭人原比宝玉年长，心身也成熟些。但这两人根本还是在天真与世故间，在青涩与圆熟间摸索成长的生命啊。袭人没有拒绝宝玉伸来的拥抱，在怦怦心跳里，她又羞怯又热烈，隐隐想起王夫人、贾母看她的眼神，她们分明拿她当宝玉屋里的人，并且迟早要给宝玉的一个女人。

想到那一次，袭人就要涌上热燥的红晕，以及一种偷来的甜蜜喜悦。但是也从那次以后，她更看重起自己的清白与尊严，绝不和宝玉有任何轻薄的举止，对她而言，人生是理性，是规矩，是一时的委屈和长久的完全，人生也是心机，是技巧，是观察与洞悉。唯有如此，她才能更赢得长辈权威的看重，而那些人是决定她或为青云或为尘泥的最大因素之一。宝玉呢？她怀疑宝玉是不是还没从前面一个梦境醒来，因为从那以后，再也不见宝玉会对她露出那样的渴切神情，她毋宁是感激宝玉的，免于她的为难，如果他再要求于她的话……当然这也是她为什么立誓要做宝玉的人，因为宝玉就是宝玉，宝玉绝不是其他任何的男子，以为到手后就可以轻薄了怠慢了，甚至予求予取，贪得无厌……

她叹了一口气，看样子宝玉还是不能专心在书本上，不知又交了什么厮混脂粉的人物了。等到宝玉要睡时，看到腰间的汗巾子，血点一般耀眼的红，心里更明白了，嘴里却说：

"你既有新的汗巾子系裤腰了，就把我的还来。"

宝玉低头一看，才想起不该糊里糊涂把袭人那条松绿的给人了。

"我赔你一条新的！"

袭人说她两句，不忍再责，各自安息去了。

睁眼时，宝玉在眼前，一脸是笑：

"夜里来的小偷，都不知道，快看你身上！"

血点红的一条汗巾子好好系在自己腰间，袭人知道必然是宝玉在她入睡时偷偷换上的。

她并不稀罕，根本不是汗巾的问题，只是她不喜欢宝玉这些行径——交些不是正道上的朋友，还互赠私物，而这背后的心念，就更是她不能接受了，说起来，还是一种游戏的人生，袭人不免叹息宝玉的积习难改。

虽然宝玉告诉她，汗巾子是贡物，上好茜香罗的质地。这大热天系着，最好不过了，肌肤生香，不生汗渍，袭人淡淡应着，随便就往一口空箱子里扔去。

长夏的烈日，晒得人昏昏沉沉，一片慵懒和沉寂，人们都在寻一刻梦里的休憩。宝玉信步到了王夫人上房里，母亲在里间凉席上睡着了，几个小丫头拈针穿线，眼皮也像缝住了，头则摇摆着。金钏在一旁替母亲捶腿，睫毛垂着，一双眼眸，正挣扎于醒睡之间。

轻轻走到跟前，宝玉把她耳朵上的坠子一摘，金钏猛一睁眼。

"就困得这个样子啊？"宝玉悄声打趣。

抿嘴一笑，摆手要他走开，又合上了眼，继续打盹儿。

这个炎热的日午，头脑发昏，人闲得发慌。宝玉看到一双欲眠而不能安的眼，热得红红的颊唇，遂升起一份蠢然欲动的心思……从小时候起，就喜欢女孩身上的温香暖玉的感觉，喜欢轻啄一口唇颊上的胭脂……天气好热，母亲睡得正沉……宝玉从荷包里掏出一丸香雪润津丹，径自送入了金钏的口里。她并不睁眼，只管含着。

"嘿，我向太太讨了你过来，我们俩一处可好？"

"等太太醒来，我这么和她说噢！"

一双睡眼睁开了，满是嗔笑，金钏把宝玉一推：

"急什么呢？没听过'金簪掉在井里，有你的只是有你的'啊？……"

唰——一记脆生生的耳光挥向年轻的一张粉脸上，王夫人在愤怒中翻身而起，忍不住狠骂金钏"下流无耻的小娼妇"。这边宝玉趁乱赶紧溜了。

王夫人实时唤住金钏的妹妹玉钏来，要她们的母亲来，把金钏领走，再也不许这狐狸精为害。金钏尽管跪着，泪眼婆娑，苦苦哀求，然而王夫人一点宽缓的余地都没有。其实王夫人算是相当软弱的人，做事很少有决断。好静，念佛，吃斋，然而生平最恨见到男女的轻薄浪逐，果真一旦见到金钏那样不知检点，软弱立刻化作刚硬。她尤其恨金钏的狂花浪蕊竟然吹拂到宝玉身上，是可忍，孰不可忍？金钏哭得嘶声，一颗心被羞辱蹂躏得伤痕累累地出了贾府。

没有两天，有人在园林东南角的井边汲水，井口浮起一个女尸——金簪掉在井里头……飞媚着睡眼，含笑说这话的光景犹在眼前，但金钏这个人已成了冥域的冤鬼，好一句句可怕的戏言。宝玉摧心折肝，伤恸、自责与茫然，在王夫人前坐着默默垂泪。王夫人的难过自不必说了，这么一个素称仁厚的人，竟然逼死了一个年轻的女孩。她这么斤斤恪守道德的规律，这么恳恳虔心在佛前诵念，然而独独一次的发怒，却生生毁了一株青春的生命。金钏固然屈死，王夫人何尝不冤呢？应该怪宝玉的，谁想这个女孩是这样烈的心性。

　　宝钗进来了，王夫人见到她，仿佛郁闷里开了一个通气的小孔。这孩子稳重懂事，苦水吐向她是不会错的，王夫人告诉自己的外甥女，说金钏弄坏了一件自己的东西，自己一气之下，就撵她出去，其实这只是唬唬小孩子，过两天还是要她回来的，没想到金钏竟然……王夫人没提自己的那件东西，就是心头一块肉的宝玉，当然也没说当时撵出的心意是多么决绝。宝钗原是绝顶的聪明，看见母子垂泪的光景，岂有不知呢？为了安慰姨妈，横竖死者已矣，而最难堪生者的内疚。于是，宝钗断言这纯是意外坠落的死亡，绝非赌气的自尽，就算万一是赌气投井，那么这金钏也够糊涂了；这样糊涂的人，一味替她伤心自责，大可不必。况且姨妈的慈善，已是被肯定的美德了，不会因为这件事而有变易的，一席安慰，贴到王夫人的心坎，就是再通达的人，也不容易把惴惴难安的一颗心抚平到如此地步。经宝钗这么一说，沉重顿减，这才想起死者的后事，王夫人要厚待金钏，别的好办，唯独仓促之间，找不着体面的新衣裳可以入殓。宝钗立刻慨然将自己簇新的两套衣裳让出，反正她也不忌讳这些，而且也替姨妈省了心。

　　宝玉一点也没有好受些，他失神走了出来，茫然虚空，一路吁叹，却撞着迎面而来的一个人身上。抬眼一看，竟是父亲贾政，倒抽了一口凉气，垂手默站一旁。贾政见他灰头土脸，不免习惯性又是一顿训。宝玉呢？一心根本在金钏身上，只恨自己没有和她一块死，究竟父亲在骂些什么，阳光猛烈晒着，他心里一片白雾蒸腾。贾政见他恍惚痴呆，倒真的动起气，正要再训，却听见忠顺王府的人来求见。

　　先撇开训儿子的事，贾政一路狐疑着，自己并不和王府打过什么交道啊！

来人指名要向贾府索人，索取王府戏班一名好角琪官，不仅因他才艺出众，特别是为人讨喜，讨王爷的喜。如今琪官不见，全城之人皆知他与贾府公子宝玉最好，所以来向宝玉要人。

贾政气极，请宝玉出来当着来客解释。宝玉起先还推诿，等来人冷笑说出红汗巾子，宝玉知道私物相赠都不能瞒了，只好实说琪官可能到城郊自置的田舍去了。

贾政目瞪口呆，送客之际，一边喝住宝玉不准走。这个当儿，贾环一干人正满园乱跑着，一片慌乱，做父亲的已经够头疼宝玉了，现在又来了个贾环，不免质问起来。贾环看父亲正怒，火上加油，添了一番话，只说井里浮起女尸，肿大得好怕人，这才慌得乱跑。一边又悄悄说这丫头是因受了宝玉的轻薄，愤而反抗，反被打了一顿，气不过，投井死了。

“拿宝玉来！”贾政厉声大喝，怒火从胸口烧到头脸，牙齿凛凛作响，立誓要狠狠教训宝玉，无论何方神圣都不能搁置。

大棍拿来，大绳拿来，大门阖上。宝玉是缚案待宰的一尾鱼，一头羊。

没有声息可以通到外面去，宝玉俯着身，双手被缚在背后，看不见一丝窗外的天空。

大板落下，不曾稍停，宝玉呜呜哭泣着，茫茫然，不能识辨这疼痛的成分。突然，拿板子的小厮被一脚踢开，贾政还嫌落板不够重，索性自己打下来。

急雨落下，又重又痛，宝玉这才意识到棰楚之苦。急火上升，灼烧热烈。天好热，宝玉已哭不出声来了，父亲汗淋淋的，没有停手的意思。

　　贾政痛挥着木板，只管向下打下去。这就是自己的儿子，淫逼女婢，流荡优伶；这就是自己的儿子，荒疏学业，游手好闲；这就是自己的儿子，身上流着自己的血；这就是自己的儿子，一生谨守职责，严以自律，方正不阿的自己，却生下这样的儿子……贾政眼睛都红了，不打不成器，早该打了，早在多年前就应该管教的……这样游荡纵情的人生，过得心安吗？我是你的父亲啊！别人可以不负责你的生命，而你是我的儿子啊！

　　从一开始，宝玉就在一片茫然中，他隐隐感觉风暴就要席卷而来，而且自己就要赤裸而直接地面对风暴的本身，没有逃遁的可能。盛怒的父亲，一板比一板快，一板比一板重，他没有一点挣扎的力气，他甚至没有一丝呼喊的声音，如果一个人竟然能使另一个人愤怒到如此地步，那么这两个生命是如何的抵触冲突啊！我是你的儿子，宝玉一阵无力与无奈，这是无从选择的事，只因为我是你的儿子，你就可以决定我生命的去向？来，既然无法选择；去，还要受到牵连……

　　是王夫人的哭声，苦求丈夫要保重，而且拿出贾母知道的后果吓阻着。贾政只管冷笑，他是彻底豁出去，这样的生命多留世上一天，就唯有继续为祸下去，不如一根绳子，亲手替这作孽的东西做一了结。

　　宝玉感觉有人死命挡着木板，然后那人抱向自己，哭喊震天，是母亲，可怜母亲的心——"既然要勒死他，索性先勒死我，再勒死他，我们娘儿们不如一同死了，在阴司里，也有个依靠"。

贾政长叹一声，向椅子坐下，泪如雨下。王夫人抱着宝玉，看见他血色已无，气息微弱，一片血渍，掀开下衣看去，或青或绿，或整或破，失声大哭地喊"苦命儿"，因哭出"苦命儿"来，又想起死去的贾珠！

早有人簇拥过来，李纨、凤姐、迎探姐妹，素来平和的李纨，听到亡夫的名字，也忍不住抽抽搭搭起来。

"老太太来了！"

"先打死我，再打死他，就干净了！"窗外传来颤颤巍巍的声气。

贾政痛打儿子，此刻母亲来了，他却是含泪下跪听训的儿子。贾母气坏了，心痛到了极点，心痛自己宝贝的孙儿被如此毒打，又想起当年如何和丈夫提携管教这儿子贾政的。而丈夫已逝，儿子已大，她现在是祖母，膝下身边唯有孙子才是生命的真实。不如回去，回自己的娘家去，再不受儿子的气，贾母想起便吩咐车马要整装走了。

都是热油火锅里受煎熬的一群人，灼烧苦楚里，失去了清明冷静的理性，只管哭喊，只管负气，只管伤悲。光阴慢慢移走，太阳逐渐趋向西方。最后，还是时间消减平息了这份苦热，再经旁观者劝说排解，一场风暴才算收势歇止。

袭人揭衣检视宝玉的伤处，宝玉咬牙"哎哟"，一直三四次，才褪下衣裳。正骇异怜惜，宝钗托着一丸药来，袭人在她进门前，先用夹纱被替宝玉盖上了。宝钗告诉袭人如何使用这药，又向宝玉问情形，她看宝玉已能睁眼说话，知道好转了一些，再也忍不住了：

"早听别人一句话，也不致有今日，别说老太太、太太心疼，就是我们看着，心里也——"刚说半句，又忙咽住，眼圈微红，面颊染上绯色，低头说不下去了。宝玉难得听到宝钗说出如此亲密明白的话，再看她垂头含泪，只管抚弄衣带，软软娇娇的羞怯里，一份痛惜怜爱的情意，他的心已是一阵温暖的感动，竟然忘却身上疼痛。如果一份毒打，而能得到如此的怜惜，那么万一自己不幸离去，那么又将是怎样的悲戚。人生在世，能够获得女孩们这样宝贵的真情，任是事业付诸东流水，也无足叹息了。

宝钗走时又再三嘱咐袭人，要宝玉好生养息。宝钗逐渐和袭人熟稔，就越发对她另眼相看，她觉得这女孩很有深度，想法也和自己相近，可以多多交往。

宝玉躺在床下，只觉躺处如针挑如刀挖，更热如火炙，稍一翻身，就忍不住哎哟的呻吟。昏昏沉沉，蒋玉函走了进来，说王府的人来捉他。话没完，金钏又进来了，一行泪一行说，为了宝玉她投入深深井中，宝玉半梦半醒，才要诉说情委，忽觉有人推他，恍恍惚惚，有切切悲哭的声音。宝玉一惊，从梦里醒来。

昏黄的暮色，一个纤柔的女影，垂着颈项，正在拭泪。宝玉欠起身，细细认去，因为还怕自己是在梦里。

一双核桃红肿的眼睛——黛玉，真的是林妹妹！

宝玉还想撑着身子，火烧刀剜的疼痛袭来，支撑不住，便哎哟倒下，长叹一声：

"你又何苦来这一趟呢？太阳刚落，地面怪热的，倘或受了暑，怎么好呢？我虽挨了打，倒并不疼痛。告诉你，我是故意装的，好哄他们，把这样子传给老爷听，都是假的，你别信真了。"

　　黛玉无声地啜泣，又强忍着，气噎喉堵。一千句话从心中升起，到了喉头，又说不出了，好半天，才从抽抽噎噎的哭泣里，挤出一句：

　　"你，可都改了吧！"

　　院外传来凤姐的声音。黛玉忙起身要走，宝玉拉住黛玉，正奇怪着，黛玉急得直跺脚，指指自己的眼睛。宝玉一松手，黛玉三步两步从后院走了。

　　一天里，陆陆续续来人不断，探病送药的，宝玉睡一阵，醒一阵，一心只惦着黛玉。想打发人去问个安，又怕袭人拦阻，就设法把袭人遣开，让她去宝钗那儿借书。

　　宝玉唤了晴雯来，晴雯眉眼长得和黛玉几分相似，但好像颜色更加鲜艳显眼，而神情更要佻达。宝玉信任晴雯，因为晴雯在所有丫鬟里最可信赖，这是宝玉的直觉，虽然晴雯性子总是暴烈，说话也总喜刀刃相迎的尖锐，但宝玉懂得她心里的单纯深挚：

　　"你往林姑娘那里去一趟，看她在做什么。她要是问起我，你就说我好了。"

　　"白眉赤眼的，无缘无故去，到底也要说几句话，才像回事啊！"

　　"没有什么好特别交代的。"

　　"那么送件东西，或者取件东西也好。不然，我去了，怎么搭讪？"

　　宝玉想了想，便伸手拿了两条旧手绢，交给晴雯。

　　"也好，就说我叫你送这个给她。"

"这又奇了，她要这半新不旧的两条绢子做什么？小心林姑娘恼了，要说你存心开她玩笑。"

"这个你放心，她自然会知道的。"

潇湘馆一片漆黑，黛玉已在床上，黛玉问是谁，晴雯答说来替宝玉送绢子，黛玉先是发闷，不解何故，叫晴雯不必了，把新绢子留送给别人吧！晴雯回说不是新的，是家常旧的。黛玉更疑惑了，细心揣摩，如开天窗，心就明亮，忙叫晴雯放下。晴雯留下绢子走了，心里不懂。

黛玉体贴出这绢子的心意来，还是两三年前她送给宝玉的。这么些年了，他还保存得这么好，黛玉轻抚着绢子，重新在灯下起身，反复思量，病痛里，他还一心在她身上，人不能来，就托人带绢子来，剖白心意。

心里有几分甜蜜，心里又有几分甜蜜的忧伤。宝玉的心意可感，而将来彼此的心意可能如意么？

突然想起这么彼此悄悄送东西，岂不是才子佳人故事里的私相传递，互赠信物么？黛玉心里一惊，竟然害怕起这样的真实。

宝玉啊宝玉，黛玉心里默念。为了这名字，她不是每每无理取闹，故意伤他的心，气他吗？黛玉心里颤抖，却是无限愧意了。

她再也不能睡下去，坐向书案前，昏黄温暖的一盏夜灯下。黛玉研墨蘸笔，也不顾什么自己的矜持，或者别人的揣度。心里汩汩冒着沸腾的水泡，半新半旧的手帕上，题写起少女最深情的相思。

田亩的使者

枣子从袋子的口里滚出来，圆嘟嘟，光闪闪；茄子躺在地上，亮紫的色泽，透露出新鲜嫩美的消息；还有绿色的菜蔬，饱满肥胖的瓜儿豆儿……

蟠凤的红柱下，倚着乡间来的刘姥姥，很干净的一套竹布衫裳，尽管谦和地笑着，外孙板儿攥着外婆的手，一对骨碌碌的眼睛，脸面颈项都带着阳光和田野的痕迹，很健康的黝黑。他有些怯怯，但是一对眼又睁睁打转着，像头结实的小牛犊。

刘姥姥看见平儿进屋，忙跳下地来，这是她第二次来访荣国府，所以认得平儿。

"姑娘好！府上的人也都在这儿问一声好！早就要来请姑奶奶的安，看看姑娘的，因为田里庄稼忙。今年托各位的福，多打了两石粮食，瓜果菜蔬也丰盛，这些还是头一遭摘下来的，并不敢卖呢，留下最好的，孝敬姑奶奶、姑娘们尝尝，姑娘们天天山珍海味的，也吃腻了，吃个野菜儿，也算我们穷人的一番心意。"

一边作揖，一边又指着地上的枣儿瓜儿的，几个丫头正蹲着打理。

说起来，刘姥姥是远远攀了王夫人、王熙凤的一点亲戚关系。她自己丧夫守寡，膝下没有子息，只靠薄田两亩度日，后来被接去和女儿女婿一处过活。前些年，日子不好过，女婿狗儿心中烦躁，只知喝闷酒，闲觅烦恼。刘姥姥这年纪，历经人生的多少晴阳风雨呢，许多世事她都看得透明透亮的，但是她对悲欢的岁月还是忠诚执守着，对于生活也怀着单纯的热爱，那份爱像她经年履踏的土地一样，结结实实的。她真正懂得生活的甘苦皆备，看见女婿一个大男人成天唉声叹气，只是闲坐乱骂，心里不以为然。她就不这样，她不自怨自艾，也不打鸡骂狗。她把自己收拾得干干净净，牵了板儿的手，教板儿说几句应对的话，祖孙俩儿，一路寻到城里远亲的贾府。

最初也是历经困难，从正门绕到后门，没人理睬，好不容易一个小孩领他们路，这才总算见到了周瑞家的。周瑞家的因为曾经受过她女婿家的一点人情，另一方面也要卖弄自己的脸面能干，所以答应带她见凤姐。

刘姥姥机智又风趣，但不脱庄稼人的朴貌，加上诚恳与谦和，倒是不但没让凤姐讨厌，而且谈得愉快。再传话请示王夫人，贾府的人一向宽厚，就周济了刘姥姥一些，刘姥姥是个知好歹、念恩情的人，一旦有了收成，日子稍一像样，马上惦记着当年救急的情意。于是携了真诚感激的心、最宝贵的庄稼收成，二度叩访荣国贾府。

因为正是螃蟹上市，女眷们又赏桂花，又喝好茶，又品美酒，还吃清蒸的螃蟹。平儿就正打盛会那儿过来，两颊还泛着美酒的酡红，刘姥姥盘算了一下，这么好的螃蟹，这么多的人，听周瑞家说两三大篓的七八十斤，再搭上酒菜，这么一顿下来就二十多两银子了。"阿弥陀佛，这一顿银子，够我们庄稼人过一年了！"她咂嘴弄舌，不胜惊异。

刘姥姥看看天色，觉得心意已达，就准备回去，周瑞家想探探上面的意思，就要她等等，回来时，眉开眼笑说凤姐要她再住上一两天，并要领她见贾母。这么一来，刘姥姥倒迟疑胆怯，自己一辈子在泥土田亩中翻转，要她去见这么金玉富贵之家第一号人物，她还着实羞怕呢。

但情势至此，不容退却，她就去了。

满屋珠围翠绕、花枝招展。一张榻上，独躺一位老婆婆，身后一个纱罗裹的美女丫鬟在捶腿，凤姐正站着说笑。刘姥姥知是贾母了，又上前，赔着笑，拜了几拜：

"请老寿星安！"

板儿是个乡间孩子，哪见过这种场面，尽管躲着，不肯喊人。

贾母笑吟吟问她的年岁，七十五，比贾母长几岁，但身子却更显健朗。贾母夸她身子好，刘姥姥回说她是生来受苦的人，老太太生来是享福之人，远不能比的。

对于送来的瓜菜野味，贾母也极感高兴，说是既认了亲戚，多少要住上一两天，并带些园里的东西果子回去。看到板儿认生，就要人抓果子给板儿吃，板儿仍是不敢吃，贾母给他一些钱，要小厮们带他出去玩。刘姥姥边喝茶，边侃侃说些田里庄上的故事给贾母听，贾母越发得了趣味。

凤姐另外备饭给刘氏祖孙，贾母还送去几样菜，凤姐知道刘姥姥合了贾母的心。饭后便让刘姥姥换洗清爽，又领她到贾母榻前说故事。

宝玉这一群不更世事的年轻男孩女孩，何尝知道庄上农家的事呢？本来就是爱听新鲜故事，这一会子，更是簇拥祖母榻前，一齐分享田庄乡野的广阔消息：

"有一年冬天啊，接连下了好几天的雪，地下压了三四尺深呢。那天我起得早，还没出屋门，只听外头窸窸窣窣，一阵柴草翻动的响声。我想着：必是有人来偷柴草了。我巴着窗儿，偷偷瞧一眼，倒不是我们庄上的人——"

"那一定是过路的客人冷了，见现成的柴火，抽些烤火，这情形也是有的。"贾母这样猜想着。

"不，也并不是什么过路的客人，所以说来奇怪，老寿星打量是个什么人？原来是个小姑娘呢——"

宝玉睁大一对兴味的眼，嘴唇微张，露出痴迷的傻态。

"十七八岁，极标致的一个小姑娘呢。梳着溜油光的头，穿着大红袄，白绫裙子——"

话没完，外面一阵吵嚷，还夹着："不妨事了，别吓着老太太！"

原来是南院马棚起火了，但已救下去，贾母在这方面素来胆小，忙起身扶着丫鬟来走廊看，只见东南角火光犹亮。贾母吓得口内念佛，忙命人去火神跟前烧香，直到火光熄了，这才领众人回屋。

火是灭了，但宝玉的好奇比星火还急：

"那女孩儿大雪地里为什么抽柴火？万一冻出病来，怎么好？"

"都是才说抽柴火惹出来的，你还问呢，说别的吧！"贾母的一盆水，浇熄了宝玉，但他也只好不再问。

刘姥姥又想了一个故事，说村上一个老奶奶九十多岁，吃斋念佛，感动神明，赐她一个孙子，长得粉团一样，聪明伶俐得不得了……这个故事深深合了贾母、王夫人的心事，连王夫人都听住了。只有宝玉，还惦着抽柴的事。

探春在旁问宝玉有关还请史湘云的事，想顺便也邀贾母赏菊。宝玉以为往后天气愈冷，不如下头场雪时，请贾母赏雪，他们则雪下吟诗。黛玉最懂宝玉的心思，边笑边打趣，说最好弄一捆柴火，雪下抽柴，才是乐子呢。

等到人散后，宝玉到底悄悄逮住了刘姥姥，细问她的下落。刘姥姥没办法，只好胡诌说是有一个叫茗玉的独生女儿，父母掌上的一颗明珠，可惜十七岁就病死了，家里替她立了小祠堂，塑像烧香，而年岁日久，管庙的人没了，庙也烂了，泥胎就成精了。宝玉忙解释，这不是精，通常这么出色人物是不死的。刘姥姥口内念佛，顺着宝玉，还谢谢他的指正告知。又接着说，那雪中抽柴的就是出来闲逛的茗玉姑娘，村上的人还准备拿槌头砸她呢。

宝玉急了，要刘姥姥快快禁止村人的举动，并且要重新修庙塑像，每月烧香，这钱宝玉会负责的。宝玉问清庙的所在——地名庄名，来去远近……刘姥姥只有顺口胡诌。宝玉口中喃喃默念，一夜盘算，没有好睡。

第二天大早起来，第一件事就是钱给茗烟，又吩咐他按址前去，等看个大概回来，再从长计议。这一天宝玉就像热地里的蚯蚓，不安极了，偏偏一直到日落西山，茗烟才策马回来。说那地址没这庙，好不容易找到一个破庙，才一进去，就唬得跑出，活似真的一样的一个——

一个青脸红发的瘟神爷！

贾母准备在大观园摆酒席，宴请刘姥姥。这之前，先领刘姥姥祖孙去逛园子。正好有人送来刚掐好的各色折枝菊花，贾母拣了一朵大红的簪在鬓上。凤姐拉了刘姥姥过来，把一盘子花，横三竖四，插了刘姥姥一头，贾母和众人笑得了不得，说她是个老妖精。刘姥姥更开心了：

"我虽老了，年轻时也风流，爱个花儿粉儿的。今儿索性做个老风流！"

从沁芳亭的石桥，沿水看去，贾母问刘姥姥，大观园好不好，刘姥姥念一声佛，说道乡下人最大的愿望，就是什么时候也到年画的景致里游一游。年画嘛，是假的，人间断断不可有这么美的去处，而大观园呢，不是自己亲眼所见，万万不能相信：人间的园子还胜过画里的，真想有人画下这园子，也好开开乡亲眼界，就是死了也得好处。

贾母笑着听着，并指向最小的惜春，说她会画，就让她画一张。刘姥姥看见小小惜春静好的模样，忍不住牵起手，嘴里夸她像神仙托生。

第一站到潇湘馆。两行翠竹间开出一条通路，青色的苍苔，白色的石子。刘姥姥不忍踏石，独个儿走旁边的土地，有丫鬟拉她，叫她小心青苔滑跤，刘姥姥自认走惯泥路，摆手说不打紧的当儿已经"咕咚"跌倒，大伙只管拍手啊啊大笑，刘姥姥自己跌倒自己爬，一边笑骂自己"才说嘴，就打嘴"。贾母怕她扭了腰，刘姥姥说没这么娇嫩，哪一天不是跌两下子呢。

笔砚在窗案，书藏满架，刘姥姥猜是哪一位公子的书房，但也没想到是黛玉的香闺。

窗纱已旧，不显翠了，贾母留意到，便吩咐要糊新的才好；并且，已是满园的绿，就不宜再用绿色，反而两方都衬不出好处来。贾母趁着说纱窗，还娓娓道出有关纱的各种名目和常识。家里库房所藏的纱，年岁比薛姨妈她们还大，难怪凤姐要认作"蝉翼纱"，其实是叫"软烟罗"，共分四种颜色：雨过天青、秋香、松绿、银红。用来做帐子，糊窗屉，远远看去，和烟雾一样，那银红的又叫"霞影纱"。现在就是上好的府纱，也没这么样软厚轻密的，贾母吩咐就用银红的"霞影纱"，来重糊潇湘馆的窗屉。

离了潇湘馆，紫菱洲蓼溆一带的船只，正远远摇摆。贾母心动，便要坐船过去探春的秋爽斋，并在那儿享用丰盛的早餐宴。

凤姐、鸳鸯——鸳鸯就是替贾母捶腿的那个美人——这两个最讨贾母喜欢的红紫人物，决定要好好消遣消遣刘姥姥。这个老活宝一来，就逗得大家一阵乐，簪花、摔跤，新鲜的土话，已够令人开怀了。待会儿吃饭，更是大好良机，当然最重要的，还是要讨贾母的欢喜。

贾母、宝玉、湘云、黛玉、宝钗一桌，刘姥姥挨着贾母也在这一席。另外，王夫人带着迎春三姐妹一桌，薛姨妈已用过饭，只一边坐着吃茶，鸳鸯接过麈尾，侍立贾母身后。

入席，举筷，沉甸甸，根本不听使唤的一双筷子嘛！刘姥姥面对摆在眼前的一双老年四棱象牙镶金筷子，为难极了。偏偏刚刚鸳鸯特意附耳嘱咐刘姥姥一番话，说是家规不能违。刘姥姥看看别人都那么举放自如的乌木筷子，苦笑道：

"这个田里扒地的叉巴子，比我们那里铲土的铁锹还重，哪里拿得动？"

食盒捧上，凤姐拣了一碗鸽蛋放在刘姥姥桌前。

贾母说声："请。"刘姥姥蓦地站起身来，一本正经，一字一句诵念着：

老刘，老刘，

食量大如牛；

吃个老母猪，

不抬头！

然后，鼓胀起腮帮，两眼直视，一声不语。

湘云掌不住，一口菜喷了出来。黛玉笑岔了气，伏着桌子，只叫哎哟。宝玉滚到祖母怀里，贾母笑得搂叫"心肝"，王夫人笑指凤姐，都说不出话来。连薛姨妈都喷了探春一裙子茶，探春的菜碗都合在迎春身上。惜春离了座位，拉着她奶娘，叫"揉揉肠子"。其他有弯腰屈背的，也有躲出去蹲着笑，也有忍笑前来替姐妹们换理衣裳的。独有凤姐、鸳鸯硬撑着，还只管让刘姥姥站着，这就是她们再三叮嘱的规矩吧！

筷子握在手里，一点也不听使唤：

"哟，你们这里鸡也俊秀，下的蛋这么小巧，怪俊的。且让我来尝一个！"

贾母的眼泪笑出来，后边丫鬟捶背，贾母就知道这一切是凤姐瞎闹的。

"一两银子一个呢！还不快吃？冷了就差了！"

刘姥姥伸筷要夹，哪里夹得住？满碗里闹了一阵，好容易撮起一个来，才伸着脖子要吃，偏又滑下来，滚在地下。忙放下筷子，要亲自去捡，早有底下的人捡出去了，刘姥姥叹道：

"一两银子也没听见个响声，就没了！"

贾母要人换上一双筷子，这回是乌木镶银的。

"去了金的，又是银的，到底不及俺们那个木的听使唤。"

"菜里要有毒，这银的一下去就试出来了。"凤姐说：

"这个菜要有毒，那我们那里都成了砒霜了，哪怕毒死了，也要吃个干净。"

刘姥姥惊叹满桌佳肴，却不知她自己就是一道最可口的开胃小菜。贾母因为她的风趣，吃得又香又甜，有滋有味，酒席撤去后，刘姥姥却要可惜她们吃得那么少，亏她们也不饿，难怪个个都是风吹就倒的模样。

又到了探春房里，三间屋子不曾间隔，一张花梨大理石大桌，各种名人法帖堆栈着，数十方宝砚，各色笔筒，笔海内笔如树林一般。另一边设着斗大的汝窑瓷花囊，满满插着一囊水晶球的白菊花，一片烟雨茫茫的浑雄空灵，染满整个门边墙壁，这是米襄阳的"烟雨图"，左右一幅颜鲁公的墨迹：

烟霞闲骨格，泉石野生涯。

案上设大鼎，左边紫檀架上放着一个大瓷盘，数十个佛手，娇黄玲珑。右边洋漆架上，悬有一个挂磬，白玉的质地，比目鱼的造型，旁边挂着小槌。

一室的阔朗豪秀，正是探春风格个性的流露。

板儿已经开始熟了起来，胆子大些，就要摘那槌子去击磬，丫鬟们拦住他，因为这只是案头陈设的装饰品。他又要佛手吃，探春给他一个玩，并嘱他不能吃下去。

东边设着卧榻高脚大架的八步床，葱绿的纱帐悬着，上面绣着花草昆虫。板儿兴冲冲跑来，指着帐面：

"这是蝈蝈，这是蚂蚱！"

刘姥姥怕他失了分寸，一个巴掌轻打过去：

"下贱的东西，没干没净地乱闹，只叫你进来看看，就闹得不成体统了！"板儿哇地哭了，众人不免一阵好言。

廊外有瘦瘦的梧桐，一阵风过，梧桐外又隐隐有鼓乐之声。原来是梨香院笙歌的演习，贾母听了喜欢，要十二女伶进来藕香榭的小亭上，借着水音更好听呢。

贾母催众人离去，说她深知这些年轻人的脾气，就是不欢迎人来，唯恐弄脏了他们的屋子，做上人的别不知脸色，还尽管赖着不走。说得探春一直留客，笑嚷就怕求之不得呢，贾母也知有点冤枉她了，就说探春还好，最可恶的就是两个玉儿——"回头咱们喝醉了，偏往他们屋里闹去！"

笑声里离开秋爽斋，行到水边的荇叶渚，两只棠木舫已撑来。一篙点开，到了池当中。

荷叶已残，卷着焦枯，有些凄凉，宝玉看不顺眼，直嚷可恨，应该拔去这些破败的残叶。宝钗体恤下人，这一向因为天天伺候着游园从不得空闲收拾，黛玉则说她不爱义山的诗，好不容易只喜欢一句"留得残荷听雨声"，偏偏宝玉不留残荷。宝玉听说，才领略出诗句里的另一份味道。

船行到花溆的萝港下，森森凉凉的一股秋天气息，浸入骨中。滩上草已衰，菱也残，倒更助了秋兴，岸上一片旷朗的清厦，便知到了宝钗的蘅芜院了。

下船登岸，顺着云步石梯上去，一阵奇异的香味扑入鼻息。都是一些攀缘缠绕的藤蔓之属，越寒倒越显苍翠，结起珊瑚豆子的小小果实，累垂可爱。

入屋，雪洞一般，一样玩物也看不见，就只案上一个寻常的土定瓶，里面插着几枝菊花。另外有两部书，再就是茶奁、茶杯而已。床上只吊着青纱帐幔，衾褥也十分朴素。

贾母一边叹息宝钗的老实，一边命鸳鸯去取些古董来，又嗔怪凤姐小气。原来这是宝钗的意思，她都将送来的退回去。贾母摇头不以为然，觉得年轻姑娘这么素净，到底是忌讳的，她是最会收拾屋子的，经她一动手，包管是又大方又素净的一间屋。贾母说罢便行动，吩咐鸳鸯把石头盆景、架纱照屏、墨烟冻石鼎，就三件拿来就够了。

缀锦阁上已经摆设齐整了，大伙坐定，远远藕香榭传来悠扬乐声。榻椅非常舒适，每人一把乌银的酒壶，一只什锦珐琅的酒杯。

这是游园的第二个高潮，喝酒行酒令。

把刘姥姥拖了过来，刘姥姥只是讨饶。喝酒可以，要行酒令，文绉绉的，她一个乡下老婆子，怎么招架得住？

由鸳鸯行酒令，她执着牙牌念。一副三张，拆开三次念，轮到的人要跟着上面的合韵念出，成诗成词的一句……错了就罚酒。

先是贾母——

鸳鸯念：左边是张"天"，

贾母念：头上有青天。

鸳鸯：当中是个六合五，

贾母：六桥梅花香彻骨。

鸳鸯：剩下一张六合么，

贾母：一轮红日出云霄。

鸳鸯：凑成却是个"蓬头鬼"，

贾母：这鬼抱住钟馗腿。

一阵喝彩的笑叹，贾母饮了一杯。

接下去是薛姨妈：……梅花朵朵风前舞……十月梅花岭上香……织女牛郎会七夕……世人不及神仙乐。

然后湘云：……双悬日月照乾坤……闲花落地听无声……日边红杏倚云栽……御园却被鸟冲出。

宝钗：双双燕子语梁间……水荇牵风翠带长……三山半落青天外……处处风波处处愁。

黛玉：……良辰美景奈何天……纱窗也没有红娘报……双瞻玉座引朝仪……仙杖香挑芍药花。

大伙儿都等着看刘姥姥出洋相，所以故意说别人错，好快轮到这宝贝。刘姥姥呢？只好硬着头皮一试。

鸳鸯笑着说：左边"大四"是个"人"。

刘姥姥想了半天——

是个庄稼人罢。

哄堂大笑，贾母连说好，刘姥姥则说乡下人有的只是现成的本色，但求大家别耻笑。

鸳鸯又说：中间"三四"红配绿。

刘姥姥：大火烧了毛毛虫。

鸳鸯：凑成便是"一枝花"。

刘姥姥：花儿落了结个大倭瓜。

又是连绵不断的笑声。

多少执着的心灵，只是一味苦求春花的绚烂。像宝玉，他素来不忍红颜老去，更恨老女人的丑陋；像黛玉，怀着破碎的心，哭悼落花。但是，从泥土来的刘姥姥呢？或者所以依然健朗，或者竟然能智慧地得着开门的钥匙，登入贾府的宗庙之美，就是因为她并不沉溺于花非花、雾非雾的迷境吧！对她而言，春花美，但秋实更可期许，所以花儿落了，反倒结出饱满充实的一枚瓜呢。

刘姥姥担心自己粗手粗脚砸坏了瓷杯，凤姐答应换木头来，但必须刘姥姥要喝尽一套木头的才可。木头的杯子？这是诳人的吧。但是，送来眼前的果真就是，黄杨木根整整抠的十只大小成套的酒杯，刘姥姥惊喜不已——一连十个大小挨次，大的似个小盆，最小的也有手里两只酒杯的大小。木上雕着一样的山水树木人物，并有草木及图印。

讨价还价，只须斟酌一大杯就可，刘姥姥双手捧着喝，凤姐又送来下酒菜，贾母要她尝尝茄鲞，刘姥姥吃了只是不信茄子能烹出这种滋味。后来听凤姐细说，连忙吐舌称奇，这茄子要用许多珍贵的配料呢——鸡肉、香菌、新笋、蘑菇……难怪！

刘姥姥拿着杯子，细细把玩，在辨识是什么木料做的。贾府的金珠玉宝，绫罗绸缎，她是叫不出名目，但对这木头，她就有独到的心得，掂一掂杯子的分量，就猜出不是杨木就是黄松，果真不错。刘姥姥自称和树林做街坊，困了枕来睡，累了靠着坐，荒年饿了还拿来吃，天天眼见、日日耳听——这就是刘姥姥了，每每从最真实的生活中学习求取知识与智慧。

乐声穿林，渡水而来。刘姥姥手脚也挥舞着，黛玉忍不住对宝玉说"百兽率舞，只可惜今天只得一头牛"。

酒罢散步，贾母一一指点，什么树、什么石、什么花，刘姥姥一一领会。又叹道一入这园子，连雀儿也俊了，还会说话，原来她指的是黑羽凤头的鹦鹆。

行进间，凤姐的女儿大姐儿被奶娘抱了进来，小女孩手里抱了个大柚子在玩，忽然看见板儿手里的佛手，伸出手就要。丫鬟正哄取着，大姐儿等不得已哭了，众人忙把柚子给板儿，将板儿的佛手哄过来，两个小孩儿，一片憨态可掬，板儿看见柚子又香又圆，就当着球踢，早已忘了佛手。

几乎人人都喜欢上开心果一般的刘姥姥，就是年少一辈侯门千金，正当心高气傲的年华，对于心里的一分热情，总喜以矜持的态度掩护着，尤其像刘姥姥这样的人物，和金门绣户、诗词花月的世界太遥远了，绝对不可能是心所向往、梦所憧憬的。然而她们毕竟不能否定，"开心果"所给予她们完全不同的一种新鲜而充满田野气息的快乐。至于年长一辈，那更不用说了。贾母，头一个就是真正品尝到这枚开心果的人。其他像王夫人、薛姨妈，也不仅为之莞尔，至于凤姐、鸳鸯、平儿，更是嬉笑亲昵。但独独还是有一人嫌弃了刘姥姥。

栊翠庵里住着带发修行的妙玉，出身仕宦的家庭，因为自幼多病，买了许多替身，到底还是不能健朗起来，最后只好入空门，这样倒好了起来。妙玉精通文墨，经典也熟，长相自然不必说，是极好的。她随师父上京城朝谒观音遗迹和贝叶遗文，师父圆寂的遗言说她不宜回乡。她只好在西门外，牟尼院静守，王夫人听说就下帖子请她搬了进来，这是那年元春封妃时的事。

栊翠庵的花繁木盛，风景更好。贾母早已闻说妙玉有好茶，所以要暂时驻足品一品。

妙玉亲自捧来一个雕漆的小茶盘，盘作海棠花状，雕漆上有填金的云龙献寿图案。盘里一个明成化窑的五彩小盖盅，盖盅里是"老君眉"的红茶，用旧年存的雨水。贾母饮了半盏，笑着递给刘姥姥，刘姥姥一口吃尽，觉得再浓些就更好，毕竟是庄野的人，不惯细致清淡。

妙玉悄悄扯了宝钗、黛玉的衣襟，三人走了，宝玉也尾随出去。原来妙玉还有真正的好茶，留给有特别交情的人呢。道婆收了茶盏来，妙玉皱眉说不要收了那只成化窑的杯子，就搁在外头。

又献出许多的珍藏宝贝来。水沸了，妙玉替她们斟上，果真更清更醇，原来这水是五年前她在玄墓蟠香寺，辛苦搜来梅花上的落雪，总共不过一瓮，埋在地下，不舍得吃。

宝钗、黛玉不便多打扰她，因知她的孤僻冷傲，宝玉则陪她说笑，总觉那只杯子从此废弃太可惜，不如赏给刘姥姥，也可变卖几文钱。妙玉想想，点了点头，还要数落一番刘姥姥，说幸好自己没用过那杯子，不然就是砸碎了也不能给她。杯子就交给宝玉，自行处理。宝玉还要打趣妙玉，不知打几桶水洗地吧！

贾母先去歇息，鸳鸯继续领刘姥姥，走到省亲别墅牌坊底下，刘姥姥觉得是幢大庙，说着就趴下磕头。众人都笑她，她指着题匾说，庙都是这样的，这上面不是玉皇宝殿吗？

又是一阵拍手打掌，刘姥姥这时觉得肚里也一阵乱响，只好告退如厕去了。

等再起身时，已不辨路径，乱闯乱走，进了一个房门。迎面含笑来了一个女孩儿，刘姥姥如遇救星，和她说了半天话，但没有一句搭理，刘姥姥去牵她的手，"咕咚"碰到板壁，原来是一幅画呢。

转身看见葱绿撒花软帘的小门，掀帘进去，好一处堂皇所在，玲珑剔透的墙壁，还贴着琴剑瓶炉的壁饰，地上砌着碧绿凿花的砖。哪里有门可以出去？刘姥姥更慌了，左一架书，右一架屏。好不容易屏后一门，只见一个婆子也从外面走来，她一阵恍惚，觉得眼熟，看来人满头是花，就要取笑。但那老婆子只一味笑，并不答话，刘姥姥伸手去着她的脸，她也拿手来挡，两个对闹着，总算摸着了，嘻！一脸冰凉硬冷，莫非这就是富贵人家的穿衣镜吗？刘姥姥乱摸乱弄，"咯噔"一声，倒被她闯出了门。

一副最精致的床帐。

太累了，太乏了，醉了，倦了，管他许多！先躺下再说吧！

一阵鼾齁如雷，满屋臭气，袭人吃惊不已。进来一看，才知是刘姥姥，赶紧推醒她，刘姥姥也惊醒过来，满嘴抱歉。袭人先用三四把百合香先行放妥，再用罩子罩上，才悄声引她出去。又叫她出去就告诉别人睡在山子石上了，最后才微微笑着告诉她这是宝玉的卧房。

这回，刘姥姥吓得再也不敢做声了。

这一天真够热闹开眼界的，但只一天也就够了，来自乡野田亩，终要回到乡野田亩的，刘姥姥先向凤姐致了谢意，凤姐告诉她贾母和大姐儿好像在园里走多了，都不舒服。

刘姥姥想老太太是有年纪的，不惯劳乏。这大姐儿就可能有其他原因，这位侯门的娇小姐，很少抛头露脸进园子，也可能招了风，另一种可能则是小孩身上太干净了，眼睛清凉，怕是遇见什么神了，最好查查祟书本子。

一语提醒了凤姐，取了《玉匣记》来，果真是有女鬼作祟，又遇见花神，必须用纸钱送之。凤姐按书上说的，一一做去，另外还给贾母送去一份纸钱。

说也奇怪，这么一来大姐儿就安稳好睡了，凤姐这才体悟长者历练经验的可贵。凤姐一生好强，偏偏没有儿子，好不容易生了女儿，从小就多病，她不免请教起刘姥姥，刘姥姥要她别那么娇惯，少疼些倒好。再是怎样好强多谋的心机，一旦思及儿女，不免就柔软纯挚起来，凤姐想到大姐儿还没起名，看刘姥姥这么高寿的年龄，而且庄稼人，到底贫苦，若起个名字，反而够分量，可以压得住苦难灾病。刘姥姥也就笑着答应，问清大姐儿出生的年月，原来是七夕生的一个宝宝，遂唤名"巧姐"。

凤姐由衷地感激，孩子的名字是刘姥姥取的，算来也有一份亲子的牵系了。

刘姥姥此行真是圆满丰厚，归去时，行囊满是各种衣物食品，外加一些药物和赏钱，连宝玉也特别送来成化窑的茶盅。平儿还嘱咐她常来走动，府里人都爱她的野味，以后来千万别破费，就只要晒的灰条菜、豇豆、扁豆、茄子干、葫芦条儿，各样干菜。

刘姥姥携着板儿，满载丰丰富富的礼物和情谊在明亮的晨光下，挥手离开那一对石狮镇守的侯门府第。

她当然不知，甚至连贾府的人也不能全然知解，这位年长的村妇，替一个金玉之家，带来青绿禾田的清新，替这些诗书的心灵捎来田野泥土的消息。而巧姐呢？似乎她的命运也将和那遥远的田亩隐隐牵连起来了。

诗酒花开少年时

诗

诗社之起，始于秋季的一纸花笺。探春为了答谢宝玉赠送新鲜荔枝，以及颜真卿墨宝的美意，特别致函以谢，花笺中还提出起诗社的事，只因探春想起：攻名夺利之人，还不忘在些山滴水之区，盘桓吟咏，而自己栖处于泉石之胜的大观园，又和宝钗、黛玉这样的才女为侣，如此而无燕集雅会，真真是遗憾了。

宝玉当然喜得拍手，就径往秋爽斋去，而宝钗、黛玉、迎春、惜春早已都在那里了，探春也开心不已，自己一下帖，大伙都来了，可见彼此心意相属。正说笑，李纨也来了，她首先就自荐要做掌坛的，虽然她并不会诗，但诗社的念头早有了。

诗友已经济济一堂了，那么就该起个别号，也好风雅称呼一番。

李纨自称稻香老农，探春自封秋爽居士，宝玉却嫌居士不恰，既然她的居处有芭蕉，不如叫"蕉下客"吧！黛玉却要打趣她是一头待宰的鹿，因为古人曾说"蕉叶覆鹿"的话。探春岔住黛玉的话，说早替黛玉想好了极美的一个号——潇湘妃子。李纨替宝钗想好"蘅芜君"。眼看宝玉还没呢，宝钗要戏喊他"无事忙"，李纨则以为他旧时的"绛洞花主"即可，宝玉都不肯要。宝钗又要封他"富贵闲人"，最后还是决定称"怡红公子"。迎春是"菱洲"，惜春是"藕榭"。

当天宝玉恰好收到两盆白海棠的礼物，于是第一次诗会，就以海棠为题分别吟咏，这诗社也就正式称为海棠诗社了。

一个月里定初二、十六两日开社，风雨无阻，社址设在李纨处。由李纨任社长，迎、惜二人做副社长，一位出题限韵，一位誊录监场。

海棠雅集后，宝玉回屋，又细看海棠，喜滋滋兴冲冲想着这盛会，不免絮叨给袭人听，袭人就提起她曾打发老嬷嬷送东西给史湘云，他这才想起忘了这么一位重要的人物。一急，就屡屡催逼要接史湘云过来，于是又添了一位"枕霞旧友"的诗友，而"枕霞"原是史家园里的亭子名。

这以后，大观园的盛事又多了一桩，但凡有什么好花好酒好吃的，大伙在一起分享时，不仅纯粹享受那耳目口舌的快乐，还要一唱三叹，低回反复，留下诗的记录。

几次下来，往往是黛玉、宝钗占头彩——前者风流别致，后者含蓄浑厚，各有擅长。

诗社一如似女儿国的大观园，是一个专属锦心绣口、兰质蕙心少女的世界，宝玉和李纨两人是例外，但宝玉是绛洞花主，虽系男性，却具有万花丛中盟主的超然，而李纨孀居，保有了一份贞定，以及稻花般的芬芳。

诗社的加入必须这样的背景，然而吟诗做诗却未必要如此严格限定。

多年前，薛蟠曾为一名美丽的少女香菱吃过人命官司。她小时候被拐子诱骗，长到十二三岁，先被卖给一位冯公子，又卖给薛蟠，拐子两头拿钱。薛蟠一动粗，就打死了冯公子。靠着家里势力，挽回了官司，还带回了香菱。

香菱长得出奇好，有些像死去的秦氏，眉心米粒大的一点胭脂痣，总是微笑着，带点孩子的憨态。她性情柔和，让人看了格外不忍，不忍心看她被命运如此拨弄，先是父母骨肉断隔，后来又跟了呆霸王薛蟠。

这一阵薛蟠做买卖出门，她随宝钗入居了大观园，总算得与平时倾心已久的姐妹们玩笑，也享受一份真正青春与荣宠的快乐。她搬入园里，一一拜见众人后，就迫不及待来潇湘馆向黛玉拜师学做诗。

原来她平时早已弄过一本旧诗偷空看，只恨无人指点，自己不太摸索得到门径，黛玉就告诉她几个原则：词句是末事，立意要紧，若意趣真了，连词句都不用修饰。她要香菱先读王维的五律一百首，细心揣摩透熟；然后杜甫七律一二百首；再是李白七绝一二百首，肚子先有这三人做底。然后，再把陶渊明、应玚、谢灵运、阮籍、庾信、鲍照等六朝诗人一看，不到一年工夫，以香菱的聪明，不愁不是诗翁了。

于是，第一堂课后便借去王右丞的五律，自此诸事不管，只向灯下一首一首读起来，宝钗连连催她睡，她也不睡。

读了王维，又要换老杜的，又把心得说与黛玉。香菱发觉诗的好处乃在——口里说不出来的意思，想去却是逼真的，又似乎无理的，想去竟是有情有理的。譬如"大漠孤烟直，长河落日圆"，这"直"似无理，"圆"似太俗，但一细想，如景在目，再也找不着可以替代之字。又像"日落江湖白，潮来天地青"的"白"与"青"，也是乍看不怎么样，细思则如味橄榄。还有"渡头余落日，墟里上孤烟"，真是难为"余""上"两字，使她记起上京那年，傍晚挽船泊岸，岸上无人，仅见几株树，远远几户人家做晚饭，炊烟竟是青碧连云的。

宝玉、探春进屋来听见香菱论诗，觉得她已知三昧了。黛玉则告诉她，王维的"渡头""墟里"其实是从陶诗"暖暖远人村，依依墟里烟"而演化出来的。探春还说要邀她入诗社呢，香菱倒反而难堪了，觉得探春在打趣她。

香菱又要逼换杜律，并央求出题目让她诌去，黛玉要她用

"十四寒"的韵，诌首吟月的诗。

这以后，香菱更是茶饭无心，坐卧不定，连宝钗都要找黛玉算账，而她的第一首诗到底因为阅读尚少，缚手缚脚，意思有，措辞不雅。

经黛玉如此批评，香菱索性连房也不进去，只在池边树下，或坐在山石上出神，或蹲在地下抠土，一会儿皱眉，一会儿含笑，夜晚必磨到五更天，还嘟嘟哝哝的。

第二次交的作品，黛玉以为进步了，但过于穿凿，还要重做，香菱原以为绝妙，不免扫了兴；但又不肯放开手，遂挖心搜胆，耳不旁听，目不别视，连探春要她"闲闲罢"，她都蓦地接上："'闲'字是十五删，错了韵呢。"

香菱立志学诗，精血诚聚，日间不能做出，忽于梦中得了八句，宝钗又叹又笑，担心她弄出病来。她梳洗方毕，就去找黛玉，说如果再不好，从此就死心了。果真这次这首不但好，而且新巧有意趣——一片砧敲千里白，半轮鸡唱五更残。绿蓑江上秋闻笛，红袖楼头夜倚栏。能诗如此，一定会见邀诗社了。

说也巧，前个晚上，灯花爆了又爆，果然第二天就来了许多客人。李纨的两位堂妹李纹、李绮，宝钗的堂妹宝琴，邢夫人的侄女邢岫烟，这四个女孩像一束水葱儿，清灵水秀，惹得大伙称奇道喜。探春高兴诗社添人，宝玉一向爱人多，当然开心。打听之下，人人会诗，真是添了新血。

如此一来，大观园更热闹了，从李纨算起，迎、探、惜、钗、黛、湘云、李纹、李绮、宝琴、邢岫烟，再加宝玉、凤姐，一共十三人，于是"姐""妹""兄""弟"地说亲道热，真是亲爱友善。

香菱满心满意只想做诗，又不敢十分啰唆宝钗。可巧来了史湘云，史湘云极爱说话的，哪经得起请教谈诗，越发高兴，没昼没夜，高谈阔论，宝钗简直被她们聒噪得受不了。

雪季来临，大伙都盼望第一场初雪的雅集诗会，一方面还可以接风迎新。宝玉担心天气转晴，雪化了就没意思，一夜惦记，不曾好睡。一早起来，见门窗上夺目的光辉，心内踌躇，埋怨定是晴了，忙揭窗而视：一片亮白，不是日光，是一夜的落雪，下得一尺来厚，天上仍是扯絮搓棉，飘飞不已。

一行人来到赏雪的芦雪亭，都是一副雪地的打扮。在一片莹洁雪白的背景下，都是蓑笠、斗篷、鹤氅、昭君套，披在身上，宽大而庇护，加上大红或莲青的颜色，伞花的优美线条，整个画面，悦目之至。

芦雪亭傍山临水，几间茅檐土壁，横篱竹牖，推窗便可垂钓，一条路径逶迤穿过四面芦苇而去，雪地里，铁炉、铁叉、铁丝蒙，就着烤鹿肉吃。雪地啖鹿肉已是生平一快，更何况青春少艾，老年长者，济济一堂，还要即景联诗呢。所谓良辰美景，赏心乐事，莫过于此吧！

酒

仰首，一饮而尽，那姿态非常豪迈。一双筷子伸向盛鸭肉的那碗，再放入嘴里，津津有味地咀嚼着——看湘云饮酒是一桩极其痛快的事，兴致高，还没饮，必得叽里呱啦说上一大串，并且又是双手挥舞又是琅琅的笑，只觉一团晴和的阳光移进了席间，驷骅春光马疾驰的无限明媚风景。

芍药开得正盛，大朵大朵簇拥着，芍药栏中红香圃三间小敞厅内，一片喧嚷声，花开的季节，平儿和宝玉，还有来客的宝琴、岫烟都长了一岁，这是快乐的生日宴呢。

酒当然不可少，但雅坐无趣，一定要行酒令才更加有趣！七嘴八舌，莫衷一是。干脆这么吧！写成小签，掷在瓶里，抽到哪一个，就按那上面的意思行去。

香菱抢着要誊抄，因为学诗，天天写字，见了那副笔砚花笺，不觉技痒。由寿星之一的平儿抽出，平儿搅了搅瓶子，用箸拈出一个来，一看是猜谜游戏的"覆射"，宝钗嫌这个太难，不如毁了，另拈一个雅俗共赏的，探春则以为再拈一个，如果平易些，那一部分人猜谜，一部分人玩简易的那个，第二签是划拳的"拇战"，这对了湘云的心——"这个简断爽利，合了我的脾气，我不玩这个覆射，猜得人垂头丧气，我只划拳去！"说时迟，那时快，探春已以"乱令"之罪名，要宝钗灌她一盅。

刚开始就轮到香菱，香菱不习惯覆射的酒令，一时猜不着。众人击鼓催讨，湘云悄悄拉香菱打报告，偏被黛玉看见，又罚了一杯，恨得湘云拿筷子敲黛玉的手……湘云不耐烦等，早和宝玉三五乱叫，划起拳来。隔席的尤氏和鸳鸯也七八乱叫划起拳来。平儿、袭人也做一对划拳，叮叮当当，只听腕上镯子响。

轮到湘云和宝琴对手时，湘云却输了。于是请酒面酒底，宝琴笑说："请君入瓮。"湘云便按刚才她自己定的酒面——一句古文，一句旧诗，一句骨牌名，一句曲牌名，还要一句时宪书上的话，总共凑成一句话，琅琅说道：

"奔腾而澎湃，江间波浪兼天涌，须要铁锁缆孤舟。既遇着一江风，不宜出行。"

大伙看她饮毕，只等她说酒底。这小姐却好整以暇呷起鸭肉来，又见碗内半个鸭头，又搛了出来，开心地吃里面的髓。

"别只顾吃，到底快说呀！"

湘云举起筷子，慢条斯理，悠悠诵念：

"这鸭头不是那丫头，头上哪讨桂花油！"

又爆出一阵哄笑！

呼三喝四，喊七叫八。在酒的王国里，藩篱尽撤，只剩天真豁落、披肝沥胆的真实无矫。满厅里红翠飞舞着，珠玉动摇晃荡，好不容易起身离席了，倏然不见了湘云。以为她去去就来，谁知越等越不见踪影，使人各处去找，哪里找得着。

山石僻处的青石凳上，香梦正酣沉。芍药飞了一身，满头满脸，连衣襟上都是红香散乱，手中的扇子掉在地下，一半被落花埋了，一群蜂蝶，闹嚷嚷围舞着，鲛帕随意挽起的芍药花枕上，青丝散乱地披着。

枕霞旧友，此刻并不枕霞，乃是枕花醉眠呢！

发现这事的小丫头，正领着大伙儿指点取笑。然而，笑里是掩不住的怜爱，忙上前挽扶，湘云口内还呢呢哝哝唧唧嘟嘟说酒令，什么泉香酒洌……扶醉归……

笑着推着说着——快醒醒，这凳潮湿，会睡出病来的。湘云缓缓展开眼眸，看看大家，又低头看看自己，脸更红了，知道了，知道自己真醉了。

宝玉屋里的袭人、晴雯、麝月、秋纹等人，每个人都另外缴了银子，特别请厨房里的柳婶子，替她们预备四十碟果子，又要平儿抬一坛好绍兴酒藏妥……她们要单独替宝玉过生日，宝玉听到这计，惊喜之中却不忍要这些小女孩们破费自己的血汗钱，晴雯要他别啰唆，只管领情就是。

掌灯时分，查上夜的林之孝家的到怡红院时，特别吩咐不要吃酒、耍钱，早早睡觉才是重要，大家嘴里都敷衍着。最初，因为凤姐小产，王夫人体恤她体力不支，要李纨、宝钗、探春三人帮忙照管家事，管事诸人原等着看这些寡妇年轻姑娘的好欺，没想到宝钗、探春，尤其是探春，果决能断，完全不能欺侮。后来，宫里逝世一位老妃，贾母王夫人等祖孙必须进宫入朝随祭，这也是他们按爵位必须守制的缘故。这么一来，大家庭的家长不在了，难免人心就松懈了些，所以管事的人要特别吩咐，这林之孝家的又格外啰唆，说了一大套，竟连宝玉径呼丫鬟名字，而不加上姐姐，也要数说一番。好不容易走了，晴雯一边关门，一边嘴里嗔怪林之孝家的唠三叨四。

查夜的一走，她们就布置起来，一张花梨圆炕桌子放在炕上。两个婆子蹲在外面火盆上筛酒，宝玉嫌天热，又嫌自己人还衣冠楚楚的受不了，于是大伙儿就卸妆宽衣。这里边有一个新近分到宝玉屋里的芳官，她原是梨香院里唱正旦的，也因为宫中老太妃逝世，凡有爵位之家，一年内不得筵宴音乐，于是十二女伶不免遣发的命运，或回老家，或留在园中使唤，大多数都情愿留下——她愿如此。这刻，宝玉先和芳官两个划拳，芳官满口喊热，她散着裤脚，头上齐额编着一团小辫，总归至顶心，结一根粗辫，拖在脑后。右耳根里，塞着米粒大小的一个玉塞子，左耳单独一个白果大小的硬红镶金的坠子。一张粉脸，圆润光彩，一对眼眸比秋水还要清亮，和宝玉并坐着，两个人倒像一对双生的兄弟。

　　大家团圆坐下，宝玉又建议行酒令。袭人要大家轻声些，又说不要拣太文雅的。麝月要掷骰子、拣红点，宝玉喜欢占花名。大伙赞成，但嫌人少了些，于是有人建议把宝钗、湘云、黛玉悄悄请来，玩到二更天。袭人怕遇见巡夜的，宝玉哪肯罢休呢，不仅请她们三人，还要再请探春、宝琴……令一下，丫鬟们巴不得，都分头去请，死活一定要拉了来，这一拉连李纨、香菱都拉来了。

　　宝玉怕黛玉冷，要她靠板壁坐，又拿靠背给她垫。黛玉笑着向当家管事的李纨等三人打趣，说她们尽管说别人夜饮聚赌，今天倒是以身作则了。

　　花签取来，竹雕的签筒，装着象牙花名的签子。又取过骰子，盛在盒内。先摇骰子，揭开数数点子，然后按点数人，轮到哪一个就要抓花签。

　　先轮到宝钗，抽中了牡丹的花签，题有"艳冠群芳"，然后一句"任是无情也动人"的唐诗；并注明在席者共贺一杯，而花签的主人可以随意命在座任何一位表演节目。

　　宝钗要芳官唱，芳官要大家饮了门杯，然后她开口唱了"寿筵开处风光好……"大伙喊打，不可如此随意搪塞，芳官这才正襟敛眉，细细唱了一支《赏花时》——"翠凤翎毛扎帚叉，闲踏天门扫落花……"这是《邯郸梦》里何仙姑唱的。

　　宝玉拿着签，口内反复着"任是无情也动人"，听了曲子，又看着芳官不言。湘云等不及，一手夺过花签给宝钗，宝钗再掷骰，轮到探春抽中杏花签，上面还注明掣到这签的会得"贵婿"，把探春羞得飞红，硬是不肯饮，大家死拉活拖，强灌一盅。再下面是李纨的老梅，霜晓寒姿——"竹篱茅舍自甘心"，再

是湘云的海棠，香梦沉酣——"只恐夜深花睡去"。黛玉笑嚷"夜
深"该改为"石凉"，大伙知道这是在取笑白天湘云醉眠的事。
湘云不服，也指着那边陈设的一只金西洋自行船，要黛玉快上
船家去，别多话。原来前一阵子，紫鹃为要试探宝玉是否真心
对待黛玉，故意诳说黛玉就要回老家，宝玉听了居然就痴呆病
疯了起来，满脸紫胀，一头热汗，后来眼珠也直了，口角垂涎……
原来急痛迷心，服药后安静下来，只是不准紫鹃走，怕她要和
黛玉回苏州了。那最严重的当儿，连姓"林"的来家都要赶走，
连自行船也一并要毁，唯恐有人用船来接林妹妹……

　　轮到麝月的荼蘼花，韶华极胜——开到荼蘼春事了，宝玉
不喜这签子流露的一份年华已老的伤春情怀，皱眉把签藏住了。
然后是香菱的并蒂花，联春绕瑞——连理枝头花正开。该到黛
玉了，黛玉心里疑惑，会是什么花呢？——一枝芙蓉花呢！风
露清愁的芙蓉——"莫怨东风当自嗟"。又轮到袭人，一枝桃花，
武陵别景——"桃花又见一年春"。

　　袭人才要再掷，有人叫门来接黛玉，原来已是子夜时刻，
黛玉也撑不住，并且还要吃药呢。袭人等送了诸位来客，一直
到沁芳亭河边才回来。关起门，继续行令作乐，一直闹到四更
时候。

　　芳官两腮染满了胭脂的醉红，眼角眉梢都是酒醉的迷态风
情，身子挣扎不得，就睡在袭人身上了："姐姐，我心跳得很。"
其他人睡的睡，醉的醉；只是晴雯还在叫。宝玉一歪身，枕了
红香枕就睡着了。袭人见芳官醉得很，恐怕吐酒，只好轻身起来，
扶她到宝玉之侧，由她睡了，自己在对面榻上倒下，大家都醉
入黑甜的梦乡，人事不知。

天色晶明，袭人先睁眼，已经迟了，再看对面，芳官头枕炕沿上，睡犹未醒连忙喊她。宝玉已翻身醒了，看天色知道时间已晚，又推芳官起来，芳官揉着眼发呆，一副孩子的憨态。袭人用手刮脸羞她"喝醉了，也不换地方就胡乱躺下"。芳官这才意识到和宝玉同榻，羞得连忙下地，自怨着："我怎么——"说不下去了，宝玉笑了，一片磊落光明："我竟也不知了。若知道，给你脸上抹些墨！"

花

两盆雪白的海棠，揭起诗社的第一次垂幕，咏物抒情，就成了诗社的惯例。而大观园本是百草千花，四时红香不断，于是花朵的生命，因为诗歌的吟咏，就更加丰繁美丽了。海棠以后是菊花，秋的天是这样高，秋的气是这样爽，在晴而干的空气里，传来甜甜蜜蜜的桂花香；而螃蟹上市，肥腴鲜美，于是赏桂花、吃螃蟹、咏菊花，就成为秋季里诗社的一大盛事。菊花是性情高洁的隐士，不能稍稍轻慢的，要按部就班，一细步一细步地来。

先是"忆菊"，忆之不得，因而"访菊"；访之既得，便要"种菊"；种既盛开，故相对"赏菊"；相对而兴有余，故折来"供菊"玩赏；既供而不吟，也觉花无光彩，所以便要"咏菊"；既入词章，不可以不供笔墨"画菊"一番；既然画菊，若是默默无言，究竟不知妙处，不禁有所"问菊"；花能解语，使人狂喜难持，便越要亲近地"簪菊"；如此人事尽了，但是还可就"菊影""菊梦"吟咏。最后以"残菊"总收，三秋的妙景妙事，全都包括了。

　　湘云取了诗题，用针钩在墙上。黛玉取了一个绣墩，倚栏坐着，手里擎着钓竿，一丝银线，悄然垂入藕香榭的池水里。宝钗把玩着一枝桂花，俯在窗槛上，掐了桂蕊，扔在水面，引得游鱼用嘴吞食，一片咂水的咳喋。探春李纨在柳荫深处闲看雪白的鸥鹭；迎春独坐花的阴影里，细细穿针串起玲珑的茉莉花。宝玉无事忙地瞎闹，看一会儿黛玉钓鱼，又俯在宝钗旁边说笑话，又看袭人吃螃蟹，顺便陪喝两口，袭人剥了壳肉给他吃。

　　在所有垂钓、穿花、看鸟的表面背后，其实真正的心思是悬在菊花的吟咏上，要怎么样才能说出菊花的好呢？要怎么才能说出因为菊花而滋生的情怀呢？

　　因为黛玉特殊敏慧的诗才，更因为黛玉特殊飘零的身世，孤高的情操，少女的矜持，于是黛玉真的走入菊的清香里，轻轻问起菊花的心事：

> 欲讯秋情众莫知，喃喃负手扣东篱。
>
> 孤标傲世偕谁隐，一样花开为底迟？
>
> 圃露庭霜何寂寞？雁归蛩病可相思？
>
> 莫言举世无谈者，解语何尝话片时。

　　雪花翩飞的严冬，一片琉璃的莹白耀眼，却倏地开出最为艳色的红梅花，像胭脂一般的色泽，扑鼻而来的却是一股寒香。栊翠庵里的十数枝红梅花，一片冰心的妙玉看似冷漠孤僻，没想到园里会开出如此炙热的花朵，谁知女主人的心园里，是否也怒放这些热烈的情怀呢？

　　据说，年年岁岁的花是相似的；据说，年年岁岁有所不同与更易的是人。人世的变迁，从海棠启诗社，岁月流逝，星斗移转，有的长辈过去了，东府主人贾敬，晚年追求神仙炼丹的梦境，果真世事不理，不肯住在家里，只在都中城外元贞观和道士们一块，连生日也不回家。一个晚上，在守庚申时，悄悄服一包丹砂，面皮嘴唇烧得紫绛皱裂，腹中坚硬如铁，从此就长逝了。有两名可怜的姐妹花，尤氏的一对妹子，因为这件丧事入了贾府，识得贾琏和宝玉的好友柳湘莲，原以为终身有靠，最后双双落空，刚烈的妹妹刎剑而亡，柔顺的姐姐吞金死去，贾琏哭得伤心，柳湘莲看破尘缘，剃发远去……一些琐屑的悲哀，一些琐屑的俗事……人被羁绊着，好像日子就要无诗也无梦了。有好一阵子，大伙忘了花香，忘了诗歌的清芬。还是林黛玉在初春桃花盛开时，不免又兴起了一份诗情，遂写了长长一阕《桃花行》。

桃花原是武陵最绚烂的风光，武陵是人间的乐土，桃之夭夭，灼灼其华，是何等缤纷热闹的嫁女时节。偏偏黛玉不作此想，黛玉历经离丧，一片繁华只有唤起她心底深处的哀音罢了，雾里烟尘，封锁一万株桃红的艳色，烘照楼壁是模糊的红光。当侍女送来妆梳的清水与胭脂，黛玉唯感那是花的颜色和人的泪水——

> 若将人泪比桃花，泪自长流花自媚。
> 泪眼观花泪易干，泪干春尽花憔悴。
> 憔悴花遮憔悴人，花飞人倦易黄昏。
> 一声杜宇春归尽，寂寞帘栊空月痕。

别人或者要以为黛玉过分伤情了，只有宝玉深深了解她心底的孤寒，他轻拭泪水，想到世上也唯有黛玉才会如此伤悼。

桃花的季节，杨柳也飘絮。因为这《桃花行》，久久荒废的"海棠诗社"就重新易名"桃花社"，加上湘云偶一动念的柳絮词，大伙儿干脆起社填词了。

晚春时节，柳絮飘零如雪，少不得大伙都以惜别、韶光去的哀情来写柳絮，唯有宝钗不同。宝钗想这些都过于丧败，而柳絮本也是轻薄无根无绊的，偏要把它说好，才不落俗套。于是柳絮飞入宝钗洞解人事的世故心灵时，就变作：

> 白玉堂前春解舞，东风卷得均匀。蜂团蝶阵乱纷纷，几曾随逝水？岂必委芳尘？
>
> 万缕千丝终不改，任他随聚随分。韶华休笑本无根，好风频借力，送我上青云。

何必苦求人生的长相绚烂与长相厮守呢？宝钗似乎看淡了这些——任他随聚随分，而且最后还要借助好风，一直送到青云之上呢！

看来未必一定要悲叹花朵，花原也可以带给人快乐与希望的。其实，谁说不是呢！像将花名制成花签来行酒令，不就是欢快愉悦的么？当然，寿星的宝玉本是花主，那些掣着花签的女孩不也是各自不同的一朵花么？宝钗是牡丹，任是无情也动人的牡丹，虽然宝玉对她的情感始终不及黛玉，但宝玉不能不被这位宝姐姐动人丰采吸引。有一次，为了贪看宝姐姐雪白手臂上串着的红麝串子，竟然失了神，只恨这样雪白的一截嫩藕生在宝姐姐身上，不敢亲近，如果是生在林妹妹身上，或者还有缘去抚腻一番。想得失神间，也忘了接过宝钗褪下的串子，惹得在一旁旁观的黛玉咬着手绢直笑。宝钗被看羞了，箭头转向风里的黛玉，要她小心不要被风凉住了，黛玉只是笑说本在屋内。只因天上一声叫唤，站到门口一看，原来是个呆雁，宝钗也要看呆雁，黛玉一扔手绢，甩向宝玉身上，说呆雁已经忒儿一声飞了。

除了花签行酒令外，锦心绣口的女娃们还喜欢在花草地上，玩斗草的游戏。

有一回，香菱就和一群女孩芳官等等玩耍着。一个说，我有"观音柳"；另一个就要对答，我有"罗汉松"。一个说，我有"君子竹"，另一个要答"美人蕉"。于是"星星翠"对"月月红"；《牡丹亭》的"牡丹花"，对上《琵琶记》里的"枇杷果"。等说到"姐妹花"时，香菱对上了"夫妻蕙"，她振振有词说，上下结花是兄弟蕙，并头结花当为"夫妻蕙"……惹得别人羞香菱，说她是在想自己的丈夫，香菱哪里饶得下这种话，几个女孩滚在草地上，斯文地扑打起来。直到把香菱一条裙子弄湿了，滴滴答答流下泥水来，大伙才一哄而散，留下香菱半懊恼着。正好宝玉来，看见这光景，直可惜这条石榴红的新裙，又替香菱忧心：才是宝琴带来送给宝钗和香菱的，此刻就弄脏了，真说不过去。后来灵机一动，想到袭人也有一件一模一样的，而且袭人最近母丧穿孝，不能着红色……香菱也只好这样，袭人慨然给了香菱，宝玉万分疼惜，爱怜看着香菱，心里叹息这样乖巧的女孩，竟想不起儿时的事，连父母也不知……香菱要离去前，宝玉却蹲下来，将刚才游戏的并蒂菱、夫妻蕙给掩埋安葬。香菱这才领悟平日听来宝玉的一些荒诞行径，忙拉他起身洗手，两人已走数步，香菱又转身来叫住宝玉。宝玉揸着两只泥手，嘻嘻问香菱什么事，一对眼睛望着她眉心的那粒红痣，香菱迟疑着，最后才说——"裙子的事，可别和你薛蟠哥哥说呀！"说完转身就走，宝玉也大笑道，若果真这样，岂不疯了？哪有自己往虎口送的傻子呢？

花朵的姿态有千万，花朵的香气也有千万。而花朵的意义，尤其对大观园的女孩来说，更具有非常的意义。

以探春持家的观念来看，就应该好好利用园中圃，请几个懂得这事的老妈妈们专人管理收拾，一来花也有人照料，二来一个破荷叶、一根枯草根子原来都是值钱的，这些或可入药，或可下厨，有养生食补经济利用价值呢。

当然，植物花朵也是具有无限神灵的，所以芒种要诚心饯花神，巧姐病了，原是触犯了花神的缘故，花竟是不可冒犯的神明，具有信仰崇拜的意义呢。

花朵也是有趣的、好玩的，簪一朵花在鬓边，平添了妩媚，摘下各色花草，用花名草名玩斗草的游戏，像香菱那样，也挺有趣。或者花名花签行酒令，这些都是生活里的闲闲情味。

最重要的，女孩本身就是花朵啊！不仅同为她们的姿容颜色，也是同为她们的情性，以及易逝的韶华。

难怪黛玉要写下葬花词，她不就是从垂花门下踏入贾府的吗？为什么她悠悠忽忽总觉和花灵仿佛呢？

黛玉的生命原是花朵的生命啊！这其中还纠葛种种神秘的命运呢！

寒塘冷月

一更时分，朗月与清风，洒得会芳园上上下下，一片银白。从绿堂里，贾珍带领着妻子姬妾，先饭后酒，开怀赏月作乐。这是中秋的前夕，因为宁国府贾敬过世，孝家十五是不得过节的，所以先一天晚上应个景。其实悲戚并没有真正染上宁国府。天黑夜晚之际，两边石狮总停有四五辆大车，厩里也圈着好多马匹——都是来聚赌的人。

贾珍嫌居丧无聊，只得变花样来玩，于是在天香楼下箭道内立了鹄子，每日早饭后就有人马来射，输了要履罚约，赌个利物……如此一来，就逐渐演成——夜夜饭局，宰猪割羊。贾赦、贾政不知详情，反说这是习武事的正理，贾珍志不在此，渐渐就以休养臂力为由，晚间或摸摸骨牌，赌个酒东，到后来就变作赌钱……三四个月下来，公然放头开局，夜赌起来。这里边薛蟠和邢夫人的胞弟邢德全，最是游手好闲的"呆大爷""傻大舅"。除了赌外，另外弄了服侍的小厮、十五岁上下的小男孩。其中两个，打扮粉妆玉琢，就是供大爷玩弄狎戏的娈童，小小年纪已会做出各种撩人媚态来，悦取有钱的爷们，那光景着实不堪入目。

这么样的背景下，宁国府十四之夜赏月，月色如洗，人心却混沌得厉害。猜枚划拳，倒也欢快，酒兴之下，还有箫声清曲，更添气氛了。三更时分，正添衣饮茶，换盏更酌呢，忽然一阵长长叹息的声音，分明从那边墙下而来，这么月白风清，大家反而悚然疑畏起来。

贾珍厉声叱喝："谁在那里？"一连几声质问，都是悄然无人回复，尤氏想或是墙外人家，但这墙四面从无人家屋宇啊！而墙那端紧靠祖宗的祠堂，何方来的人声呢？

正在狐疑，又是一阵风声，过墙而去。恍惚听见祠堂内槅扇开阖的声音，只觉风气森森。夜更加凉飒了，而月色突然显得惨淡起来，大伙毛发倒竖，再无雅兴。贾珍酒已醒了一半，只是比别人强自撑持些。第二天是十五，照例要开祠堂行朔望之礼，细看一遍，并没有什么怪异之迹啊！贾珍遂以为是醉后自怪，也不再提此事。

或许夜间的长叹，真是酒后听觉的失误。或者，或者是祠堂祖宗的深深哀叹呢——这样不肖的子孙啊！

八月十五的荣国府，又是怎样的光景呢？

贾母向来对节日的兴致最高。盈月冉冉上升，大观园的正门下，悬着羊角大灯，嘉荫堂前的月台前，焚着斗香，秉着风烛，陈献着瓜饼和各色果品。贾母盥手上香，恭敬礼拜，然后其他人也一一拜过。

在贾母看来，赏月在山上最好。一队人行到了凸碧山庄。敞厅内，桌椅皆作圆形，原是取团圆的美意，是的，所谓吉庆佳节，对一个老年人而言，最大的期许不过是骨肉团圆，天伦欢聚。然而一群人坐定，只坐了半壁，还有半壁余空，特别显得这个冷清事实的残酷。原来李纨、凤姐都病了，薛氏母女回家了——越是如此，才偏要过个欢闹的节，贾母向来有着惊人的生活情致。

于是击鼓传花，鼓声止，桂花在谁手中，就得饮酒一杯罚说笑话……席间早有了贾政、贾赦在。方正的贾政，长久以来被读书和官场的习染所拘，好像已经丧失品味生活情趣的自然能力了；而贾赦虽然素来就是纵情享乐，可以又不顾惜礼教与名誉，更糟的是同情心的丧失，为了要讨贾母身边的鸳鸯做妾而未能得逞，心里一直不能开怀……这两个长者在，小辈都被拘束了，贾母看清这一点，就早早打发他俩带领男士们散去。

剩下的女眷也不多，少了宝钗、宝琴、李纨、凤姐，要冷清许多，这个时候，就分外想起凤姐的好处来，有她一个人说说笑笑，可以抵得十个人的空呢。贾母长叹世事难全的遗憾，却是要拿大杯斟热酒，因为毕竟贾府一家团圆呀！大伙不忍扫兴，但夜毕竟深了，身子也倦乏，不能胜酒，多少是勉强的。

盈月升上了中天，更显精彩可爱，如此月色，不能不闻笛，于是又命远远吹笛。

贾赦回去时被石头绊了，邢夫人听如此说，不得不告退离席，赏月的人数又减少了。

桂花荫里，呜呜咽咽。悠悠扬出清越的笛声，在皎洁的月色下，是一种凄清的况味。两盏茶后，笛声方歇，自然赢得赞叹无数。

鸳鸯拿了软巾兜与大斗篷来，婉声说夜深，露水下来，风吹了头，要加添这些，并劝早点歇息。贾母是不服的，执意要赏个痛快，索性戴头巾披斗篷，再斟酒来，继续赏下去。

又是悠悠笛音，穿过桂香夜风而来，那声音诉说无限凄凉与悲怨。贾母在酒中闻笛，竟然襟上洒下老泪来，但只一瞬间，又扮出笑脸，再命暖酒。尤氏为助兴，热心要说笑话，才说一半，贾母已蒙眬双眼，似有睡去之态。尤氏止声，贾母睁眼笑道只不过闭闭养神，她正听着呢。

　　王夫人这才正经告知已然四更时分，须得安歇了，贾母不信已是四更，再细一看，那些小辈的孙女们都已熬不住，各自散去睡了，只有探春还在。贾母原本顽强无比的兴致，这才稍稍软化，毕竟夜深露凉人倦，是更不可抗拒的事实呀！

　　"也罢！你们熬不惯，况且弱的弱，病的病，去了倒省心。只是三丫头可怜，还等着，你也去罢。我们散了。"

　　凸碧山庄的赏月终于落幕，在苍老无奈里结束最后的笛音与清辉。

　　当山上人聚，瞻仰明月时，水边却有一对人影，俯视那波影晶莹的幻象。

　　黛玉一向孤零零惯了，凸碧山庄那么多人围坐，贾母还要叹人少，她不免一番感怀，俯着栏杆，就垂下泪来。宝玉因为近来晴雯病重，诸事无心，先行回房。探春也因家事缠绕，闲情缺缺。宝钗姐妹自己和母兄过节了，剩下迎、惜二人，素来谈得不甚热络，最后只有湘云宽慰她。

　　湘云和黛玉一样，也是父母俱失的孤苦人儿，但湘云明朗得不见苦难伤害的痕迹，她的爽迈，她的率真，每每成为趣味与笑话的泉源，最不忸怩作态，喜欢男孩子的打扮，不耐烦裙呀钗呀，偏偏她这样男孩子的梳扮，还更显俏丽呢。有时笑着笑着，忘了形就要把椅子坐翻了……看见黛玉泪涟涟的，她少不得昂扬起精神打气，要黛玉不要自苦，她们俩情形一样，她就从来不这么想不开。本来说好中秋要联句的，没想到宝钗姐妹竟弃她们而去，好，她们去她们的——"她们不做，咱们俩就联起句来，明天好好羞羞她们！"

　　黛玉拭了泪，再不忍辜负这一番豪兴。二人只觉山上厅内人声嘈杂，于是悄悄结伴来到山坡下池沿的凹晶溪馆。凸碧山庄与凹晶溪馆，一山一水，原是为玩月而设，爱山高月小的，尽管上山；爱皓月清波的尽管来水边。这凹晶溪馆的命名还是出于当年黛玉的意念呢。

竹栏衔接着竹栏，沿水一直通向藕香榭的路径上。

天上一轮皓月，池中一轮水月。偶尔，微微一阵夜风，平滑的一池碧绸起了细碎的皱褶，连那轮圆影也碎成细细的砂金。湘云恨不得能一叶扁舟浮槎而去，在舟楫的款款里，饮酒赏月；黛玉倒觉得不必如此强求彻底的欢愉，就这样够好了……说着说着，竟谈到人生的遂意称心上去，湘云怕这话题又要勾惹伤感，忙岔住要联诗。

悠悠扬起笛韵的清越，黛玉嫣然一笑，这么好听的清韵，正可助诗兴，就做五言排律吧！

用什么韵呢？

"咱们数这个栏杆的直棍，这头到那头止，是第几根，就用第几韵！"黛玉的想法好新鲜好别致哪！

轻盈的女影，沿着竹墩而行，两双纤纤素手，遥遥指点栏杆。月光倾泻无限的银白，池水上恍惚凌波而来的洛水女神——一、二、三——十、十一、十二、十三——

"偏又是'十三元'了，这个韵少，做排律只怕牵强不能押韵呢，少不得你也起一句吧！"湘云要黛玉开始——

> 三五中秋夕，
>
> 清游拟上元。撒天箕斗灿，

从应景的现成俗套开始，由喧闹而渐冷清：

> 空剩雪霜痕。阶露团朝菌，
> 庭烟敛夕楂。秋湍泻石髓，

人事的冷清，渐渐要进入神话仙境的典故：

> 乘槎待帝孙。盈虚轮莫定，
> 晦朔魄空存。壶漏声将涸，

湘云正要联下去，黛玉指点池中一个黑影要湘云留神看：

"你看那河里怎么像个人的黑影？敢情是个鬼？"

湘云一阵爽朗的大笑：

"可真是活见鬼了！我是不怕鬼的，等我打他一下。"俯身就拾起一枚石子，掷向池中黑影。一声水响，一个大圆圈，将月影荡散开来又阖聚起来。嘎的一声，黑影处飞起一只白鹤来，直往藕香榭去，黛玉笑了——

"原来是它！猛然想不到，反吓了一跳。"

"这个鹤有趣，倒助我一臂之力。"于是湘云接着联句下去：

> 窗灯焰已昏。寒塘渡鹤影，

"哎呀，了不得！不得了！这鹤真帮了大忙。真是好，要我对什么才好呢？'影'只能对'魂'，况且'寒塘渡鹤'，何等自然，何等现成，何等有景，而且又新鲜，我竟要搁笔了。"
又是跺足，又是叫好，黛玉由衷赞叹着。

"大家细想就有了，不然，就放着明天再联好了。"

黛玉只管看天，也不理会湘云，突然开口了：

"你也不必捞嘴了，我也有了，你听听！"

冷月葬花魂。

"好好好！果然好，再无第二选了，好个'葬花魂'！诗
是新奇，但太颓丧了，你现病着，不应该做这么凄清奇谲的句
子啊！"湘云又拍手，又要摇头。

"不这么着，怎么压倒你？下句还没想出了，全部心思都
用在这一句了。"黛玉的笑声里，流露着艺术功成的欣喜。

话未完，栏外山石转出人来，边笑边说：

"好诗！好诗！果然太悲凉了，不必再往下联。若再这样
下去，反不显这两句了，倒觉堆砌牵强。"

二人不防，倒吓了一大跳，细看才知是妙玉；她一人闲步
而来，正听见二人月下联句，就此止步倾听起来。觉得到了"冷
月葬花魂"，就非得出来止住不可，诗是好，但是如此颓败，
如此凄楚，诗未始不关乎人的气数呢。

三人月下行，三颗孤女的心灵，在冷冷月光下竟滋长一份
温情与笑语，三双足履迈向栊翠庵，妙玉要请她们喝茶呢。

龛上青色的焰火幽幽亮着，炉上焚香还是袅袅一缕，几个
小丫鬟正在蒲团上打瞌睡。从凄冷的月色，又回到人间的烟火里，
而隐隐的鼾声更显亲切与温暖。

　　妙玉取了纸砚笔墨，要她们重新念起联句，她有意续完，因为警句已出——"寒塘渡鹤影，冷月葬花魂"；所以不必再搜奇拣怪，反丢了真情真事，务必要回归到日常生活的朴貌才好。果真最后作结："彻旦休云倦，烹茶更细论。"这就是"中秋夜大观园即景联句三十五韵"的作品了。

　　紫鹃等人早已来叩门要人了，湘云就随黛玉回到潇湘馆。紫鹃放下绡帐，移灯闩门出去，湘云早有择床的毛病，换了个地方，只有眼睁睁不能睡。黛玉本是心血不足，一年之中，睡不好十夜的。今日错过了困头，自然也睡不着，两个人翻来覆去，辗转难眠。

　　"寒塘渡鹤影。"

　　明朗乐观的湘云，总是展开鹤般的双翼，飞越寒凛如塘水的人生，潇洒而自在。

　　"冷月葬花魂。"

　　凄冷的月光，悄然埋葬了花朵的魂魄。

　　妙玉挂心的，乃是这样的诗境，似乎隐隐牵扯黛玉如春花般的悲运呢！

　　聪明的妙玉岂能知道：不止黛玉，满园的花灵终将葬于日光月阴的无情年岁里，这里面还包括她自己。

花　凋

　　一阵疾风更兼迅雷，大观园是劫后的焦土，花零草乱。宝玉扑倒在床上，伤心、骇异到了极点。

谁会想到发生这样的突变呢？

先是突如其来的抄检，凤姐奉命领着黑压压一群管家的，来到大观园，逐间搜去。然后就是赶人走路，差不多平时活泼伶俐点，长得稍微好些的，都不见容于怡红院里。

追溯起来，其实早在当年宝玉被父亲痛打之时，袭人就意识到宝玉确实应该被管教一番。她眼见主人和女孩子们成天厮混，不仅正经的书没好好读，而且没大没小，把丫鬟也惯得不知天高地厚的轻狂，长久下去，怡红院里不知会闹出什么丑闻来了，于是袭人悄悄把心里的隐忧禀告了王夫人。她说得委婉而含蓄，当然警觉如她，已经意识到宝玉的心逐渐偏向了黛玉，在一次无意间，她就亲耳听见宝玉的心曲，说是为思念林妹妹，日夜不得好睡……如果将来怡红院有了女主人，而女主人又是黛玉……袭人还不必想那么远，就眼前金钏的投井，够了……总之，这一切却不对劲，不对劲到她必须主动去禀告长辈，不对劲到她必须小心在暗里布置防范。

王夫人岂会不由衷欣慰呢？没有想到袭人这样心思细密，又这样善体长辈之心。王夫人为了袭人这席话，就完完全全放心把宝玉交托给袭人了。

从小小孩儿只要脂粉钗环的玩物，到了稍大，只爱女孩如水的清灵，甚至爱轻啄女孩唇颊的胭脂，宝玉只有一天比一天更陷于这样香红的迷阵里，几乎成为每一个女孩的好朋友，有时甚至替她们在鸡毛蒜皮琐屑过犯中，曲意遮隐。怡红院里，袭人当然是照顾宝玉最周全的妥当人，宝玉也知她的好处，一种理性的知解，但出于直觉吧，宝玉总觉心灵好像不能完全开向于袭人，宝玉最感亲密的，可以毫无顾忌的一个好朋友，乃是晴雯。对晴雯，似乎无涉理性，就单纯感情上，他就能完全赏爱晴雯的种种，包括她火烈的性子，锋芒的口角，不肯屈就的高傲，毫不掩饰的真情，完全的忠诚无二，单纯明快的作风，以及惊人的美艳与任性……

而现在呢？晴雯被撵出了大观园，宝玉不能想象病中的晴雯，是如何饱受这样的凌辱与羞耻。这也是一个无父无母的孤苦女孩，要回到表哥表嫂的家里……宝玉心里一阵抽痛，他不敢想象那不堪的景象。

袭人来劝他别哭，哭也没用，晴雯回家倒可静养，等过两天王夫人气消了，再求贾母，或者晴雯还是可以回来的。宝玉只是哭喊，不知晴雯犯了怎样的滔天大罪，袭人款款回答就因晴雯生得太好，太太嫌她不安分，还是像袭人这么粗粗笨笨的好。可宝玉深感纳闷的是，为什么平时和这些被逐出去的女孩如四儿、芳官等的私话也被母亲知道了？而且人人都有错，就是挑不出袭人，以及袭人最亲的麝月、秋纹等人的错处呢？袭人低着头竟答不出话来了。

大观园的抄检，在王夫人的意思是彻底肃清这园子，凡是在她看来不够端庄安静的人，适足以败坏风气、扰乱人心的角色，一律赶尽杀绝。当然，这是王夫人一向的信念，她只相信礼教、道德、伦常，而抄检直接的事由，倒是起于一只小小的香囊。一位在贾母跟前做粗活的大丫鬟傻大姐，乃因她体肥面阔，两只大脚，做粗活很爽利简捷，而心性愚顽，一无知识，倒引人发笑；这傻大姐无意间在园里拾起一个五彩绣囊，非常精致的一个玩意儿，但她原看不懂为什么会有两个人赤裸相拥，还以为是两个妖精在打架，一路看，一路嘻嘻傻笑。正好邢夫人过来，就递送过去——于是一场雷雨就倏地降于大观园里。

大观园是女儿国，是清净纯洁的女儿国，而绣香囊的发现，无异宣告女儿国已经笼罩了罪恶的阴影，女孩子的纯洁遂受到了郑重的怀疑……邢、王夫人不胜焦虑，和凤姐商量结果，决定平心静气，暗暗查访，顺便也把平日惹是生非的丫头们一一裁革，逐出去打发嫁掉。这么一来，一方面肃清邪佞，另一方面也为经济越来越艰难的大家庭省些用度。

意念既出，即刻付诸行动。为壮声势，并便于行事，各房陪房的管事都一一随从，其中周瑞家的是王夫人当年陪嫁过来的，王善保家的又是邢夫人陪嫁过来的。这些人物，当初过来时，也曾有过绚烂的风光，就像现在的平儿一样，虽然是丫头的地位，也有某种横泼的风情，因此对曾经的辉煌，有深深的依恋。而现在的丫头们不大理睬奉承她们，她们心里多少是不自在的，自己回忆中最美好的，常常要下意识表现于现实，又要受到无情的戳破。所以对园里的丫鬟，妒忌加上恨，加上自己对往日的怀念，今天逮着个抄检的机会，岂不大快人心？就唯恐不彻底！于是鸡毛蒜皮找起碴儿来，这其中，晴雯是首当其冲的一个——一张巧嘴，天天病西施的打扮，一句话不投机，就立刻瞪起两只媚眼来骂人。这倒是勾起王夫人的往事，她是记得这么一个轻狂的人物，所以还没抄检，就先唤晴雯过来。晴雯当时正不舒服，根本没有什么妆扮就来了，就只这样，还是不能免于王夫人的怒气，她指着晴雯就是冷笑厉骂，晴雯只有装着傻乎乎，百事不知，心里却恨得咬牙。好不容易被叱喝回屋，她只是拿帕子捂着脸，哭走回园。

当天晚上关园门的时节，这一队搜查的人马，悄然突袭大观园。这里边最起劲的，当然莫过于王善保家的，凤姐因王夫人的盛怒，加之这管家是自己婆婆的陪房，只得表面敷衍，一齐入了大观园。

从怡红院到潇湘馆，在那些丫头们的地方着实没有搜出什么可疑的东西，等到了秋爽斋探春处，探春岂能容小人猖狂至此？她首先摆出主人的架势，要搜下人，不如先搜主子，就哗地开了自己的箱奁。凤姐当然知趣，看都不要看，本来也只是要查下人的嘛！王善保家的却不知好歹与分寸，想着探春年轻好欺，尤其是个庶出的，故意掀起探春的衣襟——"连姑娘身上我都翻了，果然没什么"。啪——一记巴掌，就挥向一张嬉笑不知趣的老脸上。

在惜春屋里的入画那儿，搜到了一大包银锞子，一副玉带版子，男人的靴鞋……凤姐也吓黄了脸，入画跪哭解释是她哥哥的东西，银锞是贾珍赏给哥哥的……凤姐虽答应再查下去，惜春已经一口不要她了。

再到迎春屋里，也无所获。等轮到了司棋，司棋就是王善保的外孙女，王善保家的才要关箱说没有什么，然而周瑞家的眼尖，伸手掣出一双男用锦带袜和缎靴，又有一个小包袱，里面装着同心如意和一信封。原来司棋和表兄弟潘又安从小青梅竹马，长大后更添新情。不久前两人在园里私自约会，还无意间被鸳鸯闯见，好在是交情不恶，再加上叩头不迭，苦求不已，总算没有声张。怎么也没有想到，王善保家的一心要抓别人的错，到最后就只抓住了亲外孙女，只好自掌嘴巴，自骂一番。

抄检的结果，绣香囊乃是司棋表兄妹私自定情之物。至于入画的银物，她所说倒俱属事实，本来是光明正大的，只因为贾珍私自传递给入画的哥哥，倒弄得不明不白了。惜春执意不再留下入画，入画跪哭求看幼时一段情分，但也没有办法打动惜春冷介孤僻的心性，至于处理方式，司棋被撵回家，入画送入宁国府。两个丫鬟的主子，一个别扭，一个懦弱，都不能留住自幼相陪之人。一场风波好像平息了，然而王夫人肃清的心愿未遂。

于是，迅雷不及掩耳，就吩咐把晴雯架走回兄嫂家，另外四儿也由家人领出去配人，因为芳官还伶牙俐齿企图狡辩，就索性规定所有梨香院出来的女孩，一概不许留园，由干娘带出，自行聘嫁。

等到宝玉回了怡红院，风雨虽然稍稍收势，但是灾情已然不能挽回，宝玉只有眼睁睁地流泪。

一盆才抽出嫩箭的兰花，却要送到秽臭湫隘的猪圈里去。晴雯的兄嫂，宝玉是素知其人不堪的，醉泥鳅不省人事的吴贵，一天到晚不能安分的嫂子……宝玉哭着想起今春阶下好好一株海棠平白死了半边，他就知道祸事要应验在晴雯身上。

海棠花凋，花影摇晃处，仿佛逝去的日子又回到了眼前，然而汗涔涔泪潸潸，这一切总不像真的。

晴雯是个死心眼，宝玉交代的，必要亲自去做才放心。小时候，还没有大观园的时候，宝玉执笔，晴雯研墨，他大笔挥写"绛芸轩"，晴雯亲自爬高梯，贴在门斗上；夜晚宝玉回来，晴雯还一心傻等，那时是雪花飘的季节，宝玉握着她冰冷的手，替她捂暖……

有一回，宝玉心情正不好，晴雯失手跌坏了扇子，宝玉稍稍说重了几句，晴雯就斗起嘴来，一赌气连打发的话都说出口，宝玉浑身乱战，就要当真打发她回去，一场哭闹，最后袭人下跪求情，才劝住了宝玉。那一晚，宝玉等气头过去，好好将晴雯拉到身边，要她随便撕扇子，要撕多少就撕多少，扇子诚然贵重，但再贵重的物到底是抵不过人的心肠；如果撕扇果真能够给郁闷的心带来舒畅，那么就不必强求扇子是非得为扇凉而用的，然而为求快乐而撕扇是可以的，如为泄愤而毁扇则不好了。

嗤——嗤——嗤，晴雯果真笑着撕去一把又一把的扇子。千金难买一笑，扇子岂又足惜？晴雯素来任性惯了，最不耐烦婆婆妈妈、蝎蝎螫螫的；她这么样的心性，最不知如何保护自己，那年袭人母丧回家，晴雯淘气，仗着身子好，要吓出去散步的麝月，回来后，果真两腮火红，手却冰凉。屋里屋外，一冷一暖，"阿啾"连打几个喷嚏，毕竟还是伤风了。

怡红院里，一片当归、陈皮、白芍药熬炼的香气，药炉嘟嘟冒着汽，窗外雪花翩飞着，炕上晴雯烧得飞红的一张脸，偏偏晴雯底下的一个叫坠儿的偷了平儿的虾须手镯，本来是瞒着晴雯，结果还是给晴雯知道了，身子烧病着，心里更气。

宝玉一心要晴雯快好起来，取出外国进口的鼻烟来——一个金镶双扣金星玻璃的扁盒，里面西洋珐琅的金发赤身两肋一对翅膀的天使图绘。用指中挑出一些里面的东西，晴雯就又"阿啾""阿啾"地喷嚏不止，霎时眼泪鼻涕都出来了，又忙着擤鼻子。宝玉还献出西洋贴头疼的膏子，铰了两块指尖大小的摊上红缎圆块，烤软贴在两边太阳穴上，病中蓬头鬼，贴了这个，更显俏皮了。

宝玉忍不住又想笑了，他想到晴雯那副天不怕地不怕的样子。

但忽又想起晴雯冻病一场的种种，心里又温暖又凄楚起来。

晴雯一手绝好的针线，虽然她平常懒得很，但在那场病中，晴雯着实咬牙抱病替宝玉缝补孔雀金裘衣裳呀！

宝玉心里又是一阵扯痛——贾母赏给宝玉一件雀金呢，是俄罗斯孔雀毛拈线织的，就只此一件。贾母再三叮咛要好生保管，没想到才是第一天，就被手炉的火星在后襟子烧了指头大的洞，而且第二天还要穿的。大伙唉声叹气，也不管夜多晚，就悄悄拿到外边，请织匠去快补，然而这是外国的货色，没有人认得其中的针法，竟不敢动，晴雯忍不住翻身而起，移灯细看，要用孔雀金线界线似的密密界好，然而这界线的针法，也只有晴雯才会……

晴雯勉强坐起，随意挽挽头发，只觉头重脚轻，满眼金星，实在撑不住，又怕宝玉着急，少不得狠命咬牙挨着。麝月帮忙拈线，晴雯先将里子拆开，用一个竹弓，茶杯口的大小，钉牢在背后，破口用金刀刮得散松松的，再用针纫了两条，分出经纬；先画出地子，再依本衣之纹，来回织补，一如平日界线的针法。

头晕眩得厉害，眼睛发黑，不停喘着气，身子好虚……宝玉又不忍，又心急，一时要她歇，一时替她披衣，一时拿枕靠，一时要送水，急得晴雯要他快睡。

当——当——当——当，自鸣钟已敲了四下，晴雯才大功告成，一边还拿小牙刷细细剔出茸毛。晴雯忍不住咳嗽起来，还没说完话，已经哎哟倒下了。

又是大串大串的泪水，宝玉痛心疾首，他一定要设法溜出去看晴雯……

宝玉掀了草帘，一眼看见芦席土炕上的晴雯，他含泪轻轻拉起晴雯的手，晴雯睁开眼，手立刻紧紧攥住了宝玉，哽咽了半日，才迸出"我以为看不见你了"，接着又一阵咳嗽喘息。宝玉说不出话，只能哽咽抽搐着，晴雯想喝水，宝玉顺着炉台找去——不像茶壶的黑沙吊子，一个大碗很粗糙，一股油膻的腥气。宝玉三番二回地冲洗，才提起沙壶斟了半碗，绛红的颜色，不像茶。晴雯只是扶枕喊着快，这就是茶了，这是她的家，不能比怡红院的，宝玉不放心，还要尝，只是一味苦涩，没有半点茶香……晴雯却一气灌下，如饮甘露一般。

晴雯含着泪，无限的委屈。她是不平的，她再也难服平白担了"狐狸精"的恶名。她原是最清白最纯洁的好女儿，有谁能解释在她惊人美艳的背后，原是处子童女的贞洁呢？

宝玉拉着她的手，枯瘠得感觉不到一点血肉的温暖丰泽，枯柴腕口还戴着四个银镯，宝玉温柔替她卸下，要她病好再戴。又轻轻抚着左手葱管的长指甲，晴雯拭了泪，伸手取了剪刀，铰下指甲，又伸手向被内悄悄脱下贴身一件绫袄，将指甲和温暖的旧时红色贴身衣裳，一并交给宝玉，又要宝玉脱下袄儿让她穿上：

"这个你收了，以后就如见我这个人一般，快把你的袄儿脱下来我穿，将来我一个人在棺材躺着，也像还在怡红院里一样……回去他们问起，你就明说是我的，反正我正担当了虚名，索性如此，再怎么样，也不过这样了。"

正泪眼相对，笑嘻嘻掀帘进来了晴雯的嫂子，一副抓到什么不可告人秘密似的狂笑着，一边就把宝玉搂在怀里，一双醉眼乜斜着。宝玉急得又羞又怕，奋力挣脱，再三告饶，又不放心晴雯。晴雯一生好强之人，心比天高，却身为下贱，这个病痛折磨的时刻，还要生生见她嫂嫂调戏宝玉，人生最大的凌辱呀……头蒙在被里，晕眩流泪不已……

回到怡红院，宝玉总惦念着晴雯。长吁短叹，辗转难眠，才将睡去，又在喊晴雯，原来梦中口渴，要茶水喝。这一向都是晴雯睡在宝玉床外，因她睡卧惊醒，举动轻便，夜晚茶水起坐呼唤之事都由她负责。

袭人来送茶，宝玉才清楚意识到晴雯是真的离他而去，再也不在怡红院里了……往事悠悠，心里一阵凄怆。

五更天，宝玉才睡去，突然看见晴雯进来，一如往昔，笑着来和宝玉道别，说完，转身便走。宝玉叫"晴雯死了"，马上就要差人去打听消息，偏偏传来他父亲要他赏桂花做诗去。

宝玉勉强打起精神，和父亲及长辈们周旋了大半日，才回到怡红院，就迫不及待想知道晴雯究竟如何。遣开了麝月、秋纹，悄悄和两个听消息的小丫头到山石后，细细盘问。袭人一早听宝玉的话，令宋嬷嬷打听消息。

"宋嬷嬷说晴雯姐姐直着脖子叫了一夜，今儿早起闭了眼，住了口，世事不知，也没声，只有倒气的份了。"

"一夜叫的是谁？"

"宋嬷嬷说叫的是娘！"

宝玉拭泪再问："还叫谁？"

"没听说叫别人了！"

"你糊涂，一定没听清楚传话！"

宝玉就是不信晴雯只会喊娘，他的心意被另一个小丫头看出了，连忙插嘴上来：

"二爷，是她糊涂呢！还是让我说，我亲自去晴雯姐姐那儿了。"

"我想晴雯姐姐和别人不同,待我们极好,如今她受了委屈,我们没别的法子救她。只有去看看她的病,算是没有让她白白疼我们一场,就是别人知道,回了太太,打我们一顿,也是情愿。我啊,拼着一顿打,偷偷去看姐姐——"

"姐姐是个聪明人,那些俗人,能说什么,所以就尽管闭眼养神,一直等看到我,才睁眼问我:'宝玉哪里去了?'我告诉她实情,她叹一口气,说不能再见了……"

小丫头一字一句,绘声绘色说给含泪的宝玉听。

她说晴雯告诉她,此去不是去死,是去玉皇大帝那儿做管花的花神。因为是上任公事,不得一刻耽搁,她未正二刻到任司花,宝玉三刻才到家……这些时间果真和宝玉的回家相合,宝玉原本伤心,听到晴雯原来做花神去,倒是逐渐平静了,又问做的是什么花神,总管许多花,还是专司某一种?

小丫头本是安慰宝玉的胡诌,这个时候不知如何接下去。突然看见园里池边正是八月芙蓉花开,就悄声告诉宝玉这天大的秘密——晴雯去任芙蓉花神了。

宝玉的种种伤悲沉恸,突然得到了解脱,他一直在苦海里翻腾着,为着晴雯的死,苦苦悲哀。现在人间的晴雯到了天上做花神,那么晴雯是脱离苦海了,晴雯的心性、才智,原该有出头的日子,宝玉高兴起来。

夜色下,花影幢幢,宝玉看见池边妖媚睡去的芙蓉,悲哀里又有喜悦——为什么不在月光下,芙蓉前,向晴雯的亡魂致意呢?

他举笔撰写了一篇长长祭文,恭楷誊抄在一幅冰鲛縠上——

这冰鲛縠原是晴雯最爱的东西之一。祭文悬在芙蓉枝上，又准备了晴雯爱的枫露茶，沁芳泉水，群花之蕊……就在月夜下虔诚献上自己真挚哀情。

袅袅焰火中，祭文化成轻烟，茶水轻洒花前。宝玉步履迟迟离开了芙蓉花，一边还回头痴望，突然一个翩翩女影从芙蓉花里出来，吓得小丫头真以为晴雯显灵了。

婷婷走出的原来是黛玉。她由衷赞美这祭文的好，不过对于其中的"红绡帐里，公子多情，黄土垄中，女儿薄命"有一些建议。"红绡帐里"太熟滥了，不如改为"茜纱窗下"。宝玉听了也极好，说是如果再更动一下，就可以换作黛玉悼祭晴雯的句子了——"茜纱窗下，小姐多情，黄土垄中，丫鬟薄命"。黛玉说晴雯不是她的丫鬟，不必作此语，而且直呼丫鬟小姐，入于诗文，极为不雅，宝玉又是一转，想到更好的——"茜纱窗下，我本无缘；黄土垄中，卿何薄命"。

这么一改，好是好了，但敏感的黛玉却惊觉这句子太像是自己的写照。她原是多心的，多心自己的孱弱，多心她和宝玉的结局，又放不开别人所说金玉良缘的话；以前总要疑心宝钗的金锁、湘云的金麒麟究竟和宝玉情缘有多少。

黛玉勉强赞好，夜风里，心倒是凉了下来。

晴雯死了。另外，芳官哭死哭活要去水月庵做姑子，根本就是玩心极重的一个孩子，怎么能耐古案青灯枯窘无聊呢？一朵亮丽生动的花，终究会枯槁而死吧！

薛蟠娶了飞扬跋扈的娇纵富家女子夏金桂，她带来一个更加刁蛮的丫鬟宝蟾。这俩人一进来，就以风雷的脾气，刮向温驯的香菱，逼着香菱改名为秋菱。这一朵幽幽水里开放的水菱花儿，开始了另一种充满火药暴雷的生活，她的幽香，她的柔蕊，似乎要逐渐枯竭了。

迎春要出嫁了，嫁给世交的孙家。她搬出大观园，在家里等待过门，四个丫头也要陪嫁过去。

又是风起的秋天，蓼花苇叶，翠荇香菱，纷纷摇坠着，宝玉日日到紫菱洲，面对空荡荡的院宇嗟叹。这世上从此又要少去一个清洁的女儿，宝玉真是极忧伤，听说这孙家并不是什么诗书知礼之家，当年不得已才结交的……轩窗寂寂，秋风吹起帘幕来，宝玉一阵意兴阑珊，回到怡红院就病了。

夏金桂为了要分香菱的宠，不惜把宝蟾纳在薛蟠屋里，而宝蟾一点不输女主人的霸气，闹得一团糟。可怜的香菱，平白被卷入了风暴，还被薛蟠抓起门闩，劈头劈脸浑身打起来，香菱再不肯和这一群人在一起，苦苦哭求和宝钗一处去住。一个笑吟吟甜蜜蜜的鲜活人儿，像离了水的鱼，虽然免了丈夫与金桂、宝蟾荼毒，整个人却再也不能放香，再也不能明媚，再也不能快活起来了，渐渐那血色像被吮净，乃至于饮食乏味，坐卧不宁。

而迎春呢？娘家归宁，只是啼哭夫婿的好色好赌好酗酒，好不好，就一顿打……

一年三百六十日，风刀霜剑严相逼，
明媚鲜妍能几时？一朝漂泊难寻觅。

什么时候，一朵朵的芳香已经逐渐残伤凋零了呢？什么时候大观园已经奏起哀哀悲音的旋律了？

当第一片花瓣开始辞枝飘落，春天的姿容就已然减却了——

"一片飞花减却春"呀！

那么当无数落花纷纷坠落时，又要怎样难堪老去的年华呀——"风飘万点更愁人"呀！

那么，是不是，大观园毕竟要在花凋香断里逝去呢？

续编

简述后四十回

因果名册

　　曾经在沉沉午梦里，恍惚步入石坊的牌楼，然后展开神秘的因果名册，一一翻阅。

　　那是许久以前一个梅花飘香的日午，宝玉在梦里晤见了警幻仙姑，在梦里听取了红楼的仙曲。当那个时节，茫昧的宝玉一无所知，只觉一片美丽与哀愁，只觉后来温柔乡里的可卿难忘。他全然不解因果名册的画面与题词和他家乡的女子有何干系，全然不解梦里柔情的教诲何在。

　　梦中惊醒，迷津浊浪的呜呜咆哮已经远去，警幻仙姑的殷切叮咛"早日回头"已经消失。宝玉只是惦记梦境中的甜美，他拥着俯身而来的袭人，继续梦里的香甜缠绵……

　　梅香以后的春暖，春暖以后的盛夏……日子一天一天流逝过去，大观园元宵夜辉煌的灯火冉冉升起，玲珑剔透的女孩们在烂漫春光里搬进了乐土的女儿国……在这样一座人间的园林里，开始上演一出又一出哀乐冷暖的故事来……渐渐昔日的梦境开始在现实里展开，许多恍恍惚惚的不能解，都明明白白、确确实实是真实生活里的一个项目了。原来生活是遵循太虚幻境的因果名册演绎下去的，当戏上演，当戏落幕；当有人登场，当有人下台，再回顾当年展读时的迷蒙，心智终于逐渐清醒过来了。

晴雯·袭人·香菱

当日宝玉首先翻寻名册中"又副册"的首页!

满纸乌云浊雾——

霁月难逢,彩云易散。心比天高,身为下贱。风流灵巧招人怨,寿夭多因诽谤生,多情公子空牵念。

是哪一朵早早消散的流云呢?不曾长享明月与光风的晴朗。天高的用心,却是下贱的出身。这里的题词,早已揭出晴雯悲惨的结局。是的,她背负最最不洁的羞辱,含恨而死。但她毕竟是"又副册"里的首页,在宝玉的心目中,她永远是怡红院里的第一位。

一簇鲜花,一床破席——

枉自温柔和顺,空云似桂如兰。堪羡优伶有福,谁知公子无缘。

袭人贴身一条松绿的汗巾子,让宝玉糊里糊涂送给了优伶的琪官,也就是蒋玉函。袭人当然不曾预料到,有一天她这个人也要属于蒋玉函了。袭人处心积虑,一意想成为宝玉的侍妾,她的努力,她的辛苦,似乎也露出美景的曙光:毕竟是宝钗嫁给了宝玉，这原是她的心愿啊！然而病中被蒙骗的宝玉，自从婚后，了断尘缘的心意就越来越真切坚定，终于剃度出家，袭人只求一死。多年来，想要终身仰望宝玉的梦，终究是落空了，她的温柔和顺，似桂如兰，对于无缘的怡红公子，只是徒然的虚妄荒谬罢了。袭人听到宝玉出家的噩耗，心里一疼，头上一晕便栽倒了。她的心疼固然是万日情怀不能自已，但另一层原因也是因为模糊听见说宝玉若不回家，自己便要被打发走。她其实是为着自己的处境而焦虑——若要死守，而名分却未定，不免惹人笑话；若是出去，念及宝玉情分，实在不忍。两难之下，唯有一死。然而对于死于何地，她也一再迟疑，死在贾府不好，死在兄嫂家不好，最后入了洞房了——她还是一步一步走入家人为她安排的人世姻缘里，虽然心里一直坚持着死念，而行动却是矛盾的，花烛之夜，她哭着，不肯俯就；而新郎官蒋玉函却极其柔情曲意地承顺，最后大红松绿汗巾子的两相照映，这才知两人早已被姻缘的红线绾系住了。

在因果名册的"副册"的首页是：

一株桂花，一池的水涸泥干，莲枯藕败——

根并荷花一茎香，平生遭际实堪伤。自从两地生孤木，致使香魂返故乡。

香菱的悲剧，是饱受命运拨弄的一型。三岁以前，浑然安享独生女儿的承平闲适的岁月，父亲甄士隐是当地望族，禀性恬淡的神仙人物，母亲贤淑知礼，自己则是粉妆玉琢、乖觉可爱。然而元宵月夜，看花灯之际被拐子拐走，父母因此思女成疾，家宅失火，最后甄士隐跟着一位疯跛道士出家而去。而这个甄家小女儿英莲，从此改名为香菱，长大惹出人命官司，嫁到薛家做妾，被夏金桂百般折磨，渐渐酿成干血之症，夏金桂还以为不足，又下砒霜于汤中想毒死她，然而鬼使神差，香菱幸免大难，害人者却把自己害死了。薛蟠也渐收敛劣迹，本分做人，把她扶了正，纳为继室。她正是可以享受一点真正家庭安适的幸福时日，却又在血污汗流的产床，挣扎而死，但留下了薛家的骨血，延续了这家族的香火命脉。

黛玉·宝钗

正册的首页，是悬有一围玉带的两株枯木，以及埋有金簪的白雪一堆——

可叹停机德，堪怜咏絮才。玉带林中挂，金簪雪里埋。

从薛宝钗也进入贾府以后，黛玉和宝钗就一直隐隐以一种对峙局面彼此相持着，黛玉、宝钗、宝玉的三边关系说明了"木石前盟"和"金玉良缘"的一种冲突。黛玉属于仙境前世的仙草，而宝钗属于人间今生最尊贵的金锁，这样两名极端世界的女子，在因果名册里却是共同隶属在第一页里，具有相同分量。

本来黛玉对宝钗是怀着相当敌意的。直到宝钗以姐姐的雍容大度，真诚开导，又悉心照顾这个病弱孤苦的表妹，黛玉才算化解心中芥蒂，也真心拿宝钗当姐姐，剑拔弩张的紧张虽然化解，但是宝玉婚姻的事依然是一道难解的题。

而黛玉在幽幽绿意的潇湘馆里，不是做梦就是做诗，不是流泪就是在爱情的忧伤和甜美之中，一颗诗心未曾着眼于大家族纷纭的人事关系里。渐渐地，渐渐地，她越来越成为孤独的一个人，几乎所有的长辈们、当家管事的，对于她，尤其是和贤惠懂事的宝钗相比的她，失去了爱的热情。她的身体是这样虚弱，她的口齿是这样锋利，她的心眼是这样窄小不能容人……

瑟瑟一阵秋风，哗啦啦从园西穿过树枝，直透东边过去，檐下风铃叮叮不住在风里玲琮。黛玉觉得冷，打开毡包取衣时，看见了两方旧手帕，帕上题着诗词，剪破的香囊扇带，和通灵美玉上的穗子……黛玉痴看着，眼眶已是泪水微泛，感怀不能已，只有抚琴消遣愁绪——风萧萧兮秋气深……望故乡兮何处……山迢迢兮水长……感夙因兮不可惙，素心何如天上月……突然，琴韵变作裂帛金石，嘣的一声琴弦断了，在外一旁倾听的妙玉只觉一阵不祥。

成长是多么艰辛，在青涩萌长的年岁里，黛玉和宝玉还是一片赤子的肝胆相照，等两人长大成人，心里虽然亲，表面上却反而彼此矜持着，有时只能用浮言虚礼致意。黛玉更加疑惑了，她又笃信自己的疑惑，以为宝玉终究是要娶宝钗了，所以彼此疏远了，黛玉绝望，不肯吃药，只求速死。

其实，这完全是误会呀，根本是黛玉杯弓蛇影地自寻烦恼。然而，可怜的一颗心啊，又怎样日日夜夜饱受失丧的焦虑恐惧呢！宝玉来探视黛玉，他丈六金身，却必得借黛玉一茎所化，任凭弱水三千，他只取一瓢饮。

怡红院已经枯萎的海棠花，突然含起花苞，而且竟然在十一月里不按花序节令地怒放起来，贾母一高兴就吩咐大伙赏花。宝玉想起那年海棠花死，晴雯也跟着去了，现在海棠花再度荣显，而晴雯终究是不能回来了，本来欢喜的心又沉重起来……看一回，赏一回，叹一回，爱一回，无数的悲喜离合都弄到海棠花上了……当时匆匆穿换了几回衣服，没有将通灵宝玉挂上，袭人看见他脖子空荡荡，再去询问，再去找求时，玉却不见了……

这是宝玉的命根子哪！全家上下，一片慌乱，能够想的所有法子皆已用尽，都不得要领，最后还请妙玉扶乩，沙盘上，仙乩留下的一行字痕是：

噫，来无迹，去无踪，青埂峰下倚古松。欲追寻，山万重，入我门来一笑逢。

究竟什么意思呢？连妙玉也不能解。

黛玉又想起金玉的事儿，这玉丢了，表示这话也无稽了。她最初心头一宽松，但继之一想玉本是宝玉胎里带来的，心里又一阵伤恸，又想起海棠花开的喜气，心里就被这么一喜一悲，再三搅扰着。而宝玉失玉以后，怔怔的不言不语，没心没绪。

正在失玉之际，宫里又传来元妃病逝的噩耗……愁云浓密密压着大观园，花木失了颜色，人们失了心情，曾经是姹紫嫣红开遍，竟然开始有了断井颓垣肃杀的哀哀音息了。

宝玉一天呆似一天，也不发烧，也不疼痛，吃不像吃，睡不像睡，说话时一无头绪。

全城之人都知贾府高价悬赏失落的一块美玉，却没有人拾得真正的宝玉。

怎么办呢？

痴痴呆呆，宝玉病着；意外又意外，贾政升了江西粮道，将要远行。

临行前，贾母含泪问贾政同意不同意"冲喜"，算命的说，宝玉要娶金命的人帮扶，如此或可有转机。贾政看见宝玉更消瘦了，两眼没有一点神采，整个人傻傻的，而自己外放，不知多久才能回来一趟。妻子和自己都是六十岁的人了，母亲已过八十了，白发下忧伤的几张脸，忧伤的几双眼都噙着泪，贾政想这样惨淡的光景，也唯有冲喜一途了。

新娘当然是宝钗。袭人闻讯，正合了自己的心意，但转念一想，宝玉心里明明只有一个林妹妹。不得已，她悄悄到王夫人处，哭跪着把宝玉这些年来和黛玉刻骨铭心的情景说出来。万一宝玉知道新娘不是黛玉，喜事没办妥，倒是生生伤害了三个人。

再三商量，终于熙凤想出了"掉包"之计，也就是诓骗宝玉说要娶林妹妹进门，但实际的新娘是宝钗。为了怕黛玉知道，这桩喜事必须严守秘密，不能透露一点风声。

婚事悄悄进行着，黛玉浑然不知大观园已经漫天彻地布置起一张致人死命的罗网。出了潇湘馆，闲闲散步，一为向贾母请安，二为消遣悒闷，正在沁芳桥等紫鹃去拿手帕，却听山石背后呜呜哭泣声音，声音来自浓眉大眼的胖大丫鬟傻大姐，就是上回捡起绣香囊的那位。黛玉偏偏多事问了个究竟，却是平地起了一个焦雷，遭到电殛般，动弹不得。

傻大姐因为说错话被打，说了什么错话？就因嚷着宝二爷娶了宝姑娘以后，应该怎样称呼呢？又是宝姑娘，又是宝二奶奶……

原来宝玉要娶宝钗冲喜，原来这桩喜事完后，就轮到替黛玉找婆家了。

两只脚踹在棉花上，身子有千斤重。一张脸惨白如雪，眼睛直直的，步履悠悠晃晃。紫鹃拿了手绢来，看女主人这模样，惊疑不定。只听黛玉说要去问宝玉，她不敢违逆，只得搀黛玉进去贾母屋里，卧病的宝玉是在祖母处歇养着。

不知哪里又来了力气，黛玉脚也不软了，自己竟能掀着帘进去。贾母正歇中觉，黛玉也不理会袭人，径自到宝玉床前，只管瞅着宝玉傻笑，宝玉也只管瞅着黛玉傻笑。

"宝玉，你为什么病了？"好半天才听见这么一句问话。

"我为林姑娘病了。"

依旧是无言的沉默，嘻嘻地傻笑。

紫鹃来扶黛玉，黛玉顺服地站起：

"可不是吗？这就是我回去的时候了。"

回身笑着出来，不用任何人的搀扶，走得却是飞快。尽管笑着，一直到了潇湘馆前，哗的一声，吐出血来。

咳嗽，吐血，喘气……黛玉病势沉重不起，榻前，唯有紫鹃陪着垂泪，日夜守候，天天三四趟去见贾母，然而大家的心都在婚事上，有谁真正怜惜潇湘馆里奄奄一息的一株苦命草呢！

她喘着气，只能抽丝般吩咐取来诗稿——还有，她抖着双唇，没有血色的唇，向紫鹃要手绢，那块题诗的手绢。挣扎着伸出枯瘠的手，迸尽了生命与力量，狠狠要撕手绢。只是手尽管颤颤巍巍，再也没有一丝力气了，又闭目喘着，要笼上盆火挪到炕上。火焰奔窜着，红光映着惨白，流窜着狰狞，一甩手，帕子、诗稿滋滋就着焰火燃烧起来。黛玉眼一闭，往后仰去，几乎不曾将紫鹃压倒。

紫鹃咬着牙，心里好恨哪！恨宝玉这样残酷冰冷的心肠，当年曾为她一句玩笑的试探，闹得地覆又天翻，现在，可以没事人一样娶宝钗。

十二对宫灯排开，喜乐迎出，紫鹃坚持不肯披红，去扶假冒黛玉的新娘，大家没办法，只好请雪雁了。

傧相赞礼，新人一拜天地，再拜高堂，送入洞房……贾宝玉一颗心迷迷糊糊喜跃着，那红纱下就是长久相思的林妹妹呢。

一片哀哭，紫鹃悲不能禁，黛玉如要走，也不能走得这么委屈无人理啊！除了孀居的李纨，所有的人都去参加婚礼，紫鹃请了宝玉的这位寡嫂过来，守在榻前，随时等候那最后的挥别。

宝玉成婚了，掀开盖头，盛妆艳服，丰满柔软的女身，一朵带露的粉荷，还是烟雨润泽的杏花？这是宝姐姐呀！身旁雪雁不见了，是莺儿呢，他直了眼，没了主意。悄声问袭人自己在哪儿，是不是做梦？床边的美人是谁？

新二奶奶是宝姐姐。

那林姑娘呢？宝玉糊涂得更厉害了，口口声声只要找林妹妹。屋里捻起宁神镇魂的安息香，烟火袅袅，悄悄无声，宝玉昏昏沉沉，睡倒下去。

黛玉心头口中，一丝微气不断，似明似暗，好像又有了起色。

李纨知道这是返照的回光，应当还有一天半日的迁延，就暂回稻香村办事去。

黛玉攥起紫鹃的手，使劲用力，她喘着气，说自己已不中用了，原来指望可以和紫鹃长久相伴……紫鹃不敢稍稍移动，只是含泪听着——

"我的身子是干净的，你好歹叫他们送我回去。"质本洁来还洁去，苦恋的一朵花，哀情的一株草，却是始终的纯挚洁白……眼闭上，没有言语。手突然又紧了，喘成一处，紫鹃慌了，要叫人请李纨，正好探春来了。等探春再看时，黛玉的手已冰冷，目光也散了。探春正哭着叫人端水给黛玉擦洗，突然听见直声的惨叫：

"宝玉！宝玉！你好……"黛玉浑身冷汗，再也不出声了。汗出了，身子却冷了，两眼一翻，还泪而来，泪尽而去……远远一阵喜乐之声，再一细听，又没有了。潇湘竹林，呜呜在风里低泣，冷月移上了墙头，埋葬一缕花魂的芬芳。

宝钗柔顺地接受了母亲长辈们的命令，以黛玉的名义，嫁给病中疯癫不省人事的宝玉。她含着泪，几乎是忍着羞辱做了一名新妇，虽然金锁宝玉毕竟成就了姻缘，所谓"不离不弃，芳龄永继""莫失莫忘，仙寿恒昌"，好像老早以前，他们就合该是人间姻缘里的一对新人，然而守着病榻夫婿的一个新婚妻子，心却不免离弃之苦啊。

新郎官揭盖头起的那一刹那，眼里的明灯突然熄了，口口声声喊的是另一个名字。宝钗心里当是抽痛着，而脸上却仍须持守素来的庄淑。一朵冷静的芳香，从解事来，她努力履践妇德，她原也淘气过，爱读闲杂的才子佳人戏曲小说。但终于醒悟人生不过是典范道德的忠诚执守，循着轨迹，小心翼翼走上该走的路，对于生命不必激情，不必狂热，无须任性，无须叛逆挣扎……她是蘅芜院的女主人，那些香草，越冷越苍翠，她服的是冷香丸，四季雪白的花瓣，千锤百炼而成，冷静而芬芳。她的一生是镌雕在洁白冰凉石碑上的功德，是錾在贵重金锁上的一行吉祥之语。

宝玉失玉的时期，她委曲求全，曲意承欢，竟然维持了相敬如宾的婚姻生活。和尚送回了玉，宝玉也越见清明稳重，竟然也上京考试，只是去之前，所言所语竟像无限深意。宝玉不再像以前口吐惊世骇俗之言，也不再似以前兴兴头头的小孩模样，好像什么都淡了、透了。宝钗以所有的理性智慧来和他辩解，但是她心里沉冷，隐隐感觉什么事会发生似的。

京城一去，再也不见宝玉回来，考中的功名又有什么意义呢？宝钗身上怀着宝玉的骨血，这一生，她将像李纨一样，青春白发心，在槁木死灰里好好教养无父的孩子。

黛玉一世绝顶的才华，宝钗终身的贤德美慧。在因果名册里，不过是可叹可怜的林中玉带、雪里金簪罢了。

元春·探春·湘云

正册的次页是一张弓，弓上一个香橼（佛手）。所谓"槐花开处照宫闱"，所谓"三春争及初春景"，画面与题词隐隐指示元春的生平。她是四姐妹之长，享有人世间女子的最高尊荣，虽然回到娘家时，不忍泪涟涟哭诉宫廷岁月的不见天日。贾府因她的封妃益发锦上添花，也因为她，才会建起大观园，更因她的一念之起，大观园才成为众香群芳的女儿国。然而春天毕竟要逝去，大观园逐渐荒芜，等她病逝后，庙堂官场的翻云覆雨，竟然会使得贾府遭到查封的厄运。元春，早春的消息，却捎来权贵幻灭的虚无。

接下来的一片大海，一只大船，两人在放风筝，船上一个女子掩面泣涕——

才自精明志自高，生于末世运偏消。

清明涕送江边望，千里东风一梦遥。

黛玉初进贾府时，就对探春的眼神气质留下深刻的印象，后来又听她和宝玉的对话，就知道这是怎样条理清楚的一个聪明女孩。迁进大观园，秋爽斋的轩敞朗润，巨幅的烟雨江山，厚重的真卿墨宝，是女主人宽阔心地的流露，一度与李纨、宝钗共处家务，探春的表现也是果敢有为，做事决断，一副泱泱大管家的风范。

然而探春这样才志魄力的一个女儿，却唯独在自己亲生母亲面前屡屡闪失了风度，她这样好强求好的个性，无事不可以坦坦荡荡，光明磊落，只是她错生为赵姨娘的女儿，她尽管嘴里不承认这个带给她莫大羞辱的生身母亲，但是她毕竟不能改变这个事实。生为人子，她无能去选择自己的母亲，偏偏赵姨娘呢，生性糊涂，行事猥琐不正，是人格品德有着严重缺陷的卑微人物，而自己同母的兄弟贾环更是燎毛冻猫的惹人嫌恶；

这两个骨血相系的人物，都是她一心上进的最大阻力，因之再是怎样地磊落，一旦遇见母亲、兄弟，探春就沦为情绪的歇斯底里，让人跌足叹息。

女子有行，远父母兄弟，探春真是远嫁了，远嫁海疆之滨。夫婿极好，只是此去千里，归宁之期，终是难得。大家都不免难过，尤其是宝玉，只有赵姨娘反倒欢喜，一面想一面就跑去道喜，又另啰啰唆唆扯了一大堆似是而非的鬼话，探春只管低头做活，又气又笑又伤心，也不过自己掉泪而已。等到再回娘家时，母亲已暴病，散发流血鬼嚎般的死去，而家里的人事全非。虽然她的婚姻幸福，然而她志大才高，在那个世代，先是耿耿于侍妾出身的母亲，后来虽在温柔的幸福里做一个娇宠的妻，但这毕竟不是探春真正的意愿吧！

几缕飞云，一湾逝水——

> 富贵又何为？襁褓之间父母违；
> 展眼吊斜晖，湘江水逝楚云飞。

展翅而飞的一只白鹤，史湘云以她的爽朗愉快的个性，超越了人间的苦厄。她一来，空气就生动了，冰融雪化，很少人能抗拒她的朗声大笑，很少人不莞尔于她的可掬憨态。然而她的婚姻，却不是欢笑，丈夫固然才貌双全，性情也好，只不过才是新婚，便患痨病死了。

鹤影飞过寒塘去，究竟要含茹多少辛苦，才能渡过悠悠不尽东逝的流水人生呢？

妙玉·迎春·惜春

一块美玉，落在泥污之中——

欲洁何曾洁，云空未必空；可怜金玉质，终陷淖泥中。

成化窑烧的上好一只瓷质茶盅，只因刘姥姥的嘴沾过便再也不要了。栊翠庵的妙玉，终生忠实履践、热烈追求的就是"干净""孤洁"罢了，庵院里珍藏她各种极宝贵的好东西，稀有的珍玩，梅花上的雪水……不是为她所看重的人或事，她从不轻易出关离开庵院的王国。

而空茫白雪里，突然燃起胭脂的红梅，栊翠庵竟然怒放如此鲜烈的花朵，难道是泄露女主人心园里的秘密么？

她痴痴问着宝玉："你从何处来？"红晕染上了脸颊，宝玉生日时，曾经特别以"槛外人"具名，送来一纸芳笺……一生只爱"纵有千年铁门槛，终须一个土馒头"的诗……

屏息垂帘，跏趺坐下，她一心断除妄想，静静打坐。骨碌碌一片屋上的瓦响，两只猫一递一声斯叫，妙玉突然想起宝玉，一阵心跳脸热……千军万马奔腾而来；禅床晃荡着，身子已不在庵中，许多王孙公子要来娶她，扯扯拽拽，媒婆们要她上车；拿刀执棍，强盗逼勒着，她哭喊求救，两手撒开，口中流沫……最后抱起一个女尼，呜呜咽咽哭泣起来：

"你是我的妈呀！你不救我，我好不了啦！"

这一场走火入邪魔的可怕经验，竟然二度降临，只是这第二次，不再只是脑海的幻象。真的有一群强盗在打劫之际，窥见灯下蒲团打坐的妙玉……五更的天气，更寒战起来。一阵香气透入脑门，手足麻木不能动弹，一个人拿着明晃晃的刀进来，那人把刀插在背后，腾出手，将妙玉轻轻抱起，任意轻薄一番，然后出室跨墙而去。

一个极洁极净的女儿，落入一群强徒之手。欲洁何曾洁，这样的结局，真是冷酷的嘲讽呀！

一头恶狼，追扑一美女，就要吞噬的模样——

子系中山狼，得志便猖狂；
金闺花柳质，一载赴黄粱。

文静的迎春，柔顺的迎春，文静柔顺到完全听命于任何的安排，然而嫁为孙家妇后，连这样的性子也忍不住在归宁时痛哭了。宝玉为她和王夫人求情，他又动了孩子气的傻念头，要把出嫁的姐姐接回家来，还住在紫菱洲，仍旧做她的姐姐，像往日一样，一块吃一块玩，再也别受那混账孙绍祖的气，也永远不要再去那个地狱的夫家……但是，嫁出去的女儿，泼出去的一盆水，再也收不回来了，没人理会宝玉的傻念，宝玉只有到潇湘馆哭给黛玉听。

迎春哪堪这样的折磨呢？在病中终于给折腾死了，被恶狼吞噬的柔弱美女，婚姻害惨了她。

古庙里，独坐看经的一个美人——

勘破三春景不长，缁衣顿改昔年妆；
可怜绣户侯门女，独卧青灯古佛旁。

　　元、迎、探、惜四春的姐妹花，仿佛春天里的娇客，实际上不过是"原应叹息"的春梦。元、迎、探，各人有各人的风格、命运与归结，是品德也罢，是才华也罢，在端淑、柔弱、敏慧的最后，终不免是哀叹，那么这最小的惜春呢？天性的孤僻，使她从小就喜欲和尼庵里的人物在一块，外面那个纷纭热闹的世界，她向来只是角落的一个影子，轻悄地移入，又轻悄地滑出，胆子出奇小，也唯恐是非惹上身，因为这样的稚气胆小，自然谈不上什么敏锐智慧的见识，所以她毋宁是一个轻重未分的糊涂人，偏偏性情来得斩钉截铁，固执顽强到了极点。一群姐妹之中，似乎把天下的才华都占尽了，就独留下绘画丹青给了她，她极认真地完成了大观园全景图。

　　这样的作风习惯，大观园里也只有栊翠庵是她最感亲切的地方，她喜欢和妙玉在一块，彼此最相投。在人世种种的变迁里，离别衰老与死亡越来越频繁，逐渐取代早期的欢聚、青春与生命的蓬勃成长。这个静默的影子，冷冷观望人世的种种幻灭，终于，当贾母溘然长辞，妙玉被劫，本来就不迷恋尘世的她此刻更心凉如水，定要铰发出家。说时迟，那时快，剪子已将剪向青丝，等到丫鬟来拾，头发已经一半落地了。家人终是拗不过她，唯有成全她在栊翠庵中静修。而紫鹃，始终是耿耿忠心，苦守着女主人的紫鹃，也始终不能原谅宝玉，后来拨到宝玉宝钗那儿去，也冰凉凉一张脸，从不给男主人一点好脸色。宝玉想和她解释什么，也只敢在屋外痴站，紫鹃以冷言相对——"已经怄死一个，还要再怄一个么？"……然而俩人僵着，毕竟还是伤心地哭了。其实紫鹃终于也明白宝玉是被蒙骗、被愚弄，原来他对黛玉始终一片真心，并且旧情不忘，只恨女主人无福消受。突然之间，紫鹃真正悟出人生缘分本定，而世人痴心妄想，终不免幻灭之苦，倒不如草木石头，无知无觉，心中干净。如此一想，一片酸热皆化作冰凉，终于紫鹃也走入了虚无之中，和小小惜春一样，在栊翠庵里，以青灯古案作为她们安身立命的最终结局。

凤姐·巧姐·李纨

一只雌凤停在冰山之上。

这是"凡鸟偏从末世来，都知爱慕此生才"的凤姐。

一个美丽而危险的人物。因为一念之贪，她陷入了银钱的枷锁之中，一再暗中敛财，更因为过分强烈的独占私欲，生生用计害死了贾琏的情妇、温柔无比的尤二姐，心机太重，明里暗里，不知杀伤谋害多少的生命。然而"机关算尽太聪明，反送了卿卿性命"，凤姐毕竟支撑不住纷至沓来的人世变迁，人病倒了，而贾府在此时又被朝廷下旨抄查家产，凤姐历年来克扣、盘剥所得的私蓄，也一并给没收了去。接着贾母逝世，大观园遭盗劫，赵姨娘暴卒，贾府一败涂地。凤姐又是忧急，又是羞惭，病势更重。贾琏忙得六神无主，自己妻子病，竟不像与他相干。王、邢夫人心绪更坏，都无暇来看凤姐。当年凤姐簇拥着贾母，烘托自己一身的光彩，银铃的脆笑，种种的俏皮，种种的玲珑，一个水晶心肝的玻璃人儿，辗转病床之时，竟无人来惜，除了平儿在跟前。眼见一个骨更瘦、肤更黄的凋萎生命，平儿只有焦急与悲苦。好胜的凤姐，却并未替贾家生得一个儿子，这也是她的痛处，而弥留之际，女儿的婚事未定……凤姐之去，真是心有未甘啊！

荒村野店一个纺纱的美人——

势败休云贵，家亡莫论亲。
偶因济村妇，巧得遇恩人。

凤姐也许贪婪，凤姐也许毒辣，凤姐也许刻薄，但凤姐一生之中，偶然和村野来的刘姥姥在笑谈间，剖露了她真情温暖的心怀，也就这样偶然一次的善缘，却带给她枯窘困境里一丝长青的希望。弥留之际，刘姥姥正好来访，凤姐是含着泪把巧姐托孤给刘姥姥，当年这女孩的名字还是刘姥姥起的呢！

凤姐不甘而逝，生前所结之怨，此刻都指向巧姐，几个贾府游手好闲的子弟贾芸、贾蔷和凤姐自己的亲弟弟，竟然想蒙骗设计，把巧姐赏给藩王做妾，连邢夫人都已答应。只有平儿焦急如蚂蚁在热锅挣扎，两个弱女子只能相对痛哭，贾琏又不在家，眼看藩王就要来要人了。

无巧不巧呢，刘姥姥来了，田亩的使者，带着大地的坚实温暖，带着禾苗的青绿。圣贤经书离她很远，诗词文章离她很远，但是田庄乡野有野台戏呀，有说唱弹词的娱乐啊！刘姥姥的智慧原来自真实血汗的人生，她想起鼓儿词里的妙计，把巧姐装扮成自己的女儿青儿，一走了之，另一方面又要平儿、王夫人假装要人，向那些设计的人要巧姐，再呢，暗暗托人捎信给贾琏……这么一来危机化解，侯门的千金暂驻农家，朴实的乡人哪一个不是剖心剖肝相处？青儿陪着，邻人善意的瞻仰景慕，送果的，送野味的，其中一位富农，良田千顷，只有一子，文雅清秀，还中了秀才，见了巧姐，上门请亲……巧姐，贾府的千金，竟在遥远的庄野寻得终身的归宿，她的母亲死于金枷玉锁，却不曾料到唯一骨血会在长青的大地得到了绵延的生机。

　　一位凤冠霞帔的美人，旁边一盆茂兰——

　　　　桃李春风结子完，到头谁似一盆兰；
　　　　如冰水好空相妒，枉与他人作笑谈。

　　是体恤孀居抚孤的艰辛么？是回报于槁木死灰的代价么？李纨最大的欣慰是她生有一个成器的儿子——贾兰，似乎所有儒家规范下的美德，这少年都具备了，孝顺，沉潜好学，有所不为。最后和宝玉叔侄俩结伴进京考试，中了第一百三十名的举人。

　　如果"耕""读"是儒家的一个梦境，如果当年秦氏托梦凤姐的遗言诚然不虚，那么前者是由巧姐圆了这个梦境，来自钟鼎，归向田园；而后者则在贾兰身上完成了一个真正学者的形象，虽然贾兰的这份尊荣，都是他母亲终身的寂寞与心死所换取来的。

宝　玉

通灵宝玉原来自青埂峰下的一块顽石，顽石未能如愿补天，只有哀叹于长青的谷中，而一个入世的痴念，他竟然放弃游于广漠之野、无何有之乡、自适其适的逍遥生涯，而自投入忧患劳苦的世界。他自以为是来经历红尘的温柔富贵，也好像当真置身于温柔富贵中，然而就因为衔着欲望的宝玉而来，这些温柔富贵，终于变成了痛苦忧患。

宝玉当然不能明察鉴识这些。在警幻的梦里，他丝毫听不出仙曲里的生命与情爱、欲望的虚无。在人世里，他是富贵闲人的怡红公子，第一次开始思想到情感的前因后果，不过是一片落空时，是宝钗生日听戏得罪了湘云和黛玉的痛心疾首。他突然感觉到一种束缚，一种苦痛，对于情感这事，竟然逐渐怀疑否定起来，然而才写完"无可云证，是立足境"，就被黛玉、宝钗一席话说得哑口无言，禅理对黛、钗是一种知识，一种学问；对宝玉呢？宝玉毋宁是以生命来体验，以痛苦来觉悟；虽然宝玉在这次谈辩之中居于下风，然而，他已经具备跳脱出来、观察生命的能力了。

世俗的价值，永远是宝玉真诚怀疑的对象，他不能做父亲孝顺的儿子，不能忍受袭人、宝钗、湘云的大道理，唯独把黛玉引为知己，是因为黛玉了解他的心怀意念。宝玉不能明白执守名节的真实意义，像那些非要"视死如归"的人物，他们不过困于个人一己的名节里，而并未正视真正家国君臣更伟大的生命，所以他要和袭人争辩，他不要为这些名节的虚妄而死，他要一些真实的、热切的、温暖的东西。因此他所向往的死，是死后得尽天下女孩的眼泪，让泪水流成河流，漂浮起他的肉身，直到无人之境，随风而逝。少年的他，只有真诚伤心的热泪，是真实又美丽的东西，其他的，都是虚假的。

他立了这样的心愿，第二天闲步到梨香院去，因为慕名龄官的才艺，想央她唱一曲《牡丹亭》里的"袅晴丝"。然而龄官背对着他，正眼也不瞧，就以嗓子哑了一口回绝，宝玉心里感觉抽痛，因为这个女孩拒绝了他的友善。这个女孩，宝玉心里一惊，就是前几天，炎炎日午下，在蔷薇花下，娇怯单薄的她只管蹲着，用手里的簪子在地下画写"蔷"字，写了一个又一个，写了好几十个，连午后一阵急雨落下，淋湿了衣裳都浑然不觉。宝玉先恨不认识她，后来又要为她的举动惊异，心里真想为她担待那不可告人的痛苦。宝玉及时喊住她，怕她被雨淋病了，没有想到他自己也淋湿了。宝玉好奇而关怀，心里着实焦躁，奔回怡红院，因为袭人迟来应门，不由分说就踢了一记呢。

就是这个女孩，这样顽强而冷漠地拒绝了宝玉，宝玉好难堪。突然贾蔷提了鸟笼兴兴头头进来，宝玉眼看贾蔷逗玩鸟雀要讨龄官的开心，别的女孩都笑了。唯独龄官不仅不笑，还要冷冷用话刺贾蔷，说贾蔷存心用鸟来讥笑她们这些伶人，语气尖利至极，还说自己吐了血他也不管。急得贾蔷一顿脚就把笼子毁了，转身就又要回去请大夫，龄官又是厉声一喝，说他故意要赌气气她，所以冒着大毒日头去请大夫来。他这样赌气，她也不领情，大夫来了，她也不理，逼得贾蔷站不是，走不是，答应不是，不答应也不是。宝玉眼湿心热，深深悸动，再也看不下去，抽身走了。

明明是怜惜自己的情人，不忍心他在大毒日头底下的曝晒之苦，却偏偏要用辛辣的语言表现最深挚的柔情。宝玉想她蔷薇花下画蔷的苦情……这样一个深情的女孩，这样一个好女孩，她珍贵的眼泪竟然不洒向自己。宝玉突然领悟到，各人原有各人的眼泪可洒可得，为什么要苦苦遍洒或得尽天下所有的眼泪呢。在痛苦之中，他彻悟道："从此后，只好各人得各人的泪了。"

宝玉就是这么一个肩负起全人类痛苦的十字架人物，他每每要关心爱怜每一个女孩。然而一次又一次，有甜蜜，也有忧伤，但终究是忧伤多于甜蜜。

和黛玉赌气时每每说她死了，自己就去做和尚。

迎春娱嫁了中山狼，宝玉要伤心欢聚的日子不能再来。

去看宝钗，宝钗因为家里事烦，态度冷淡，宝玉满腹猜疑，又想起自己妄生天地之间，其实是平白多余的。

探春远嫁，他"啊呀"一声，就哭倒炕上。那时元春、黛玉已死，人去的去，走的走，散的散……这样的人生真是好没意思。

自从赏花归来失玉以后，宝玉的神志也一起丧失了。他混混沌沌被安排和宝钗成婚，婚后竟然无梦也无歌，甚至连诚心祈愿黛玉的魂魄入梦，竟也落空。

贾母、凤姐都去了，贾府被抄了，大观园早是一片鬼域的荒凉，而失去的玉还是没有下落。

来了一个和尚，口嚷要一万银子来换手里的美玉。和尚径自入房，不顾阻挡，就来到宝玉炕前，手拿着玉，一阵大笑，在病人耳旁大叫。

"宝玉！宝玉！你的宝玉追回来了。"

玉递至手里，宝玉紧握着，再松开一看，哎一声就道："久违了。"

和尚只管要银子，大人们设法先留住和尚再筹钱。这里宝玉嚷饿了，喝了一碗粥还要吃饭，神情果然好转！突然麝月说出一句"幸亏当初没砸它"，宝玉又晕死过去。他的魂魄赶到前厅，跟了和尚行到一处荒野，看见一座牌楼。好眼熟的一座牌楼啊。

来了一个女子，是旧时的相识，刎剑而亡的尤三姐。又看见悬梁殉主的鸳鸯在招手，但她们一晃而逝，再也看不见。又到了"引觉情痴"的大殿，对联是"喜笑悲哀都是假，贪求思慕总因痴"。宝玉推门，又看见当年因果名册的大橱，再细细翻阅，这次好像一一都能领略了。

是鸳鸯的声气，说林妹妹有请，但回头不见人，宝玉又看见鸳鸯挥手，他跟了去，只是赶不上。走呀走……白石花阑围着一株青草，上面略有红色，在微风里柔柔款摆，宝玉心悸，只管痴看。有仙女叱喝他偷看"绛珠仙草"。宝玉再问仙草来历，才知原在灵河岸三生石畔，因为亏欠神瑛侍者雨露之田心，下世还泪，现在又返归真境。宝玉又问此处掌管芙蓉的花神是谁，答说不知，要问她的主人才知。主人是潇湘妃子，宝玉告知妃子就是他表妹呢，却引来"胡说"的回话，如再闹下去，就要力士打他。宝玉才退，又听有请神瑛侍者，宝玉以为是别人，仓皇而逃，前面有人挡住，是尤三姐，后来又见晴雯……走呀走，殿里一个花冠女孩，明明是黛玉，才喊"妹妹在这里，叫我好想"，却又被赶走……

所有平生相亲的女子都见到了，后来连凤姐、秦可卿、迎春也都出现，但不是一飘即逝，就是相应不理，甚至否认原来的身份，宝玉感觉自己变成了一个陌生的人。

在一个陌生古怪的地方，见到的都是荒谬不解之事。正迷惑着，后面力士来追赶，他急乱地瞎跑，忽然平生所有的相亲女子，一个个变成恶鬼形象也来追扑。宝玉情急心慌，只见送玉的和尚手里拿着一面镜子一照，登时鬼怪全无，仍是一片荒郊。宝玉拉着和尚的手，急切向他请教梦里的事，和尚告诉他世上情缘都是魔障，再狠命一推他，宝玉站不住脚，"哎哟"一声倒是醒了过来。

梦醒之后，幽光照见心灵，宝玉突然完全清楚了。看见身边的惜春、袭人，又想到名册上的句子，不免悄悄流泪。

和尚又来要银子了，一头癞疮，浑身褴褛。宝玉问他是否从太虚幻境来，和尚回说"不过是来处来去处去罢了"，又反问他玉从哪里来。宝玉此刻已经勘透红尘，只是还想详知自己底细，一听说那玉，就像当头一个棒喝，就要还玉给和尚。他进屋去取，袭人、紫鹃知道了，抵死也要护玉。宝玉一声叹息："为一块玉，这样死命不放，若是我一个人走了呢？"紫鹃、袭人一阵号啕，大哭起来。

宝玉说她们这些人重玉不重人，也不理那玉，撒手就走，并且央求让和尚带他走。无奈和尚要玉不要人，争着争着两人就笑了，什么"大荒山""青埂峰"都出来了。宝玉笑嘻嘻再进来，说和尚原是旧时相识，并不要银子的。

通灵宝玉找回以后，宝玉果真是清醒了，但什么都看得很淡。连惜春要做尼姑，他也不拦阻，只是嗫嗫念着名册里看来"勘破三春景不长"的句子。

展读《秋水》，宝玉细细玩味着，宝钗只是担心他尽管读这些出世离群之书，终是不好的，于是温婉坐下，柔声以天伦忠孝的赤子之心相劝。宝钗以为不能离群索居，必要入世救世济民，故要修炼人品根柢，重视人伦礼法。宝玉却以为要从无穷苦痛解脱出来，必须以真如本性的清净圆明为主，天伦礼法反而不是太初第一步了。

一场辩论，不了了之。宝钗凭着她的敏感，越来越感到不祥。

宝玉把几部向来最得意的道书都搬了出来，他要一把火烧个干净。宝钗正高兴，等到听宝玉嗫嗫着"内典语中无佛性，金丹法外有仙丹"，又狐疑起来。

宝玉不仅要去除贪嗔、情爱等我执，甚至用以引证真理的文字、智识等法执也要舍弃。不但要引渡彼岸，上岸之后，还要把引渡的工具——木筏舍弃。

长长跪在地上，一二三，三声沉重的叩拜，宝玉只是落泪不起，深深向母亲生他的一世恩情敬致人子的感恩。然而此生无所回报，只求考场中写好文章，中个举人，母亲心里欢喜，自己也算了却心事，要拉他起来，他总不肯。旁边贾兰也和寡母李纨依依辞别，李纨不忍这样的局面，也不安宝玉这样的痛哭别离，故意说些轻松欢快的话想支开这阴霾。宝玉又到宝钗跟前，深深作揖——"我要走了"，宝钗心里纳闷，眼泪直流，口里只催他上路。宝玉道"你倒催得我紧，我自己也知道该走了"。

他疯言疯语，一一向众人作别，不见惜春、紫鹃，只好央人代转致意——"横竖再见就完了"。王夫人、宝钗说不出为什么，泪流如泉涌，倒像生离死别，几乎失声。而宝玉呢？嬉天笑地，跨离贾府大门，是一种"赤条条来去无牵挂"的姿态。

五更天，几个小丫头乱跑，嚷着报喜，原来宝玉中了第七名的举人，贾兰中了一百三十名。但是自那日交卷以后，龙门一挤，贾兰就再也不见和他结伴而来的宝二叔，这个喜讯不是也很突然么？喜讯的本人已经不见了。

贾政扶母亲灵柩，贾蓉送秦氏、凤姐、鸳鸯的棺木，到了金陵安葬。途中，贾政获家书知道了家中考中的喜事，以及宝玉不见的消息，一喜一恼。后来又闻得皇上恩赦的旨意，再获家书，也知复了官职，又欢喜起来，连夜要赶回家去。

这一季第一场初雪已降，极安静极清净的一个渡口，贾政的客舟暂泊于此，他一个人在舱内写家书，写到宝玉的事，掷笔而叹，心里紧紧一抽，疼痛与怜惜啊。鹅毛飞卷在船头，茫茫雪地里微微晃动一个人影，光着头，赤着脚，身上披着一领大红猩猩毡的斗篷，静静地，不作一声，就地便向贾政倒身，长长揖拜，深深叩头。贾政恍惚着，出了舱，人影已经四拜完毕，站起身来，贾政才要还礼，蒙蒙雪光里，剃发的一个光头，那不是宝玉么？贾家的一张脸，自己的儿子哪！没有喜也没有悲，但是临去的眼神里好像一份人子无言的——无言的什么呢？——贾政一惊，深深的悸动与疑惑，却还没得到宝玉任何一字的回答，已经上来一僧一道，挟走了宝玉——"尘缘已尽，还不快走"。

贾政不顾路滑，迈开腿就一路跟去，挥开扑上眼帘的鹅毛，茫茫雪地，看不见任何的人影，鹅毛纷纷坠落，匆匆埋葬了雪地的履痕。他只管碎步跑着，喘着气，白色的水蒸气从微张的嘴里轻轻呵出；雪倒是不知不觉中停了下来。

前面茫茫渺渺，无边的莹白，无限的空旷，无涯的荒凉。

寂天寞地的一片干净，静到极致，倒像回荡起隐隐的歌吟：

> 我所居兮，
> 青埂之峰；
> 我所游兮，
> 蒙鸿太空。
>
> 谁与我游兮，
> 吾谁与从；
> 渺渺茫茫兮，
> 归彼大荒。

雪霁天晴的尽处，好像幽光微微的照见，好像微微一点孤峰的影子，好像亮起一抹不灭的青绿，温柔而固执。

附录

原典精选

第五回（摘录）
游幻境指迷十二钗　饮仙醪曲演红楼梦

　　说毕，回头命小鬟取了《红楼梦》原稿来，递与宝玉。宝玉接来，一面目视其文，一面耳聆其歌曰：

　　〔第一支　《红楼梦》引子〕开辟鸿蒙，谁为情种？都只为风月情浓。趁着这奈何天、伤怀日、寂寥时，试遣愚衷。因此上演出这怀金悼玉的《红楼梦》。
　　〔第二支　终身误〕都道是金玉良姻，俺只念木石前盟。空对着，山中高士晶莹雪，终不忘，世外仙姝寂寞林。叹人间，美中不足今方信。纵然是齐眉举案，到底意难平。
　　〔第三支　枉凝眉〕一个是阆苑仙葩，一个是美玉无瑕。若说没奇缘，今生偏又遇着他；若说有奇缘，如何心事终虚化？一个枉自嗟呀，一个空劳牵挂。一个是水中月，一个是镜中花。想眼中能有多少泪珠儿，怎经得秋流到冬尽，春流到夏！

　　宝玉听了此曲，散漫无稽，不见得好处；但其声韵凄惋，竟能销魂醉魄。因此也不察其原委，问其来历，就暂以此释闷而已。因又听下面唱道：

　　〔第四支　恨无常〕喜荣华正好，恨无常又到。眼睁睁，把万事全抛；荡悠悠，芳魂消耗。望家乡，路远山高。故向爹娘梦里寻告：儿今命已入黄泉，天伦呵，须要退步抽身早。

〔第五支 分骨肉〕一帆风雨路三千，把骨肉家园齐来抛闪。恐哭损残年，告爹娘，休把儿悬念。自古穷通皆有定，离合岂无缘？从今分两地，各自保平安。奴去也，莫牵连。

〔第六支 乐中悲〕襁褓中，父母叹双亡。纵居那绮罗丛，谁知娇养？幸生来，英豪阔大宽宏量，从未将儿女私情略萦心上，好一似霁月光风耀玉堂。厮配得才貌仙郎，博得个地久天长，准折得幼年时坎坷形状。终久是云散高唐，水涸湘江。这是尘寰中消长数应当，何必枉悲伤！

〔第七支 世难容〕气质美如兰，才华馥比仙。天生成孤癖人皆罕。你道是啖肉食腥膻，视绮罗俗厌；却不知太高人愈妒，过洁世同嫌。可叹这，青灯古殿人将老；辜负了，红粉朱楼春色阑。到头来，依旧是风尘肮脏违心愿。好一似，无瑕白玉遭泥陷，又何须王孙公子叹无缘。

〔第八支 喜冤家〕中山狼，无情兽，全不念当日根由。一味的骄奢淫荡贪欢媾，觑着那侯门艳质同蒲柳，作践的公府千金似下流。叹芳魂艳魄，一载荡悠悠。

〔第九支 虚花悟〕将那三春看破，桃红柳绿待如何？把这韶华打灭，觅那清淡天和。说甚么，天上夭夭桃盛，云中杏蕊多，到头来，谁见把秋捱过？则看那白杨村里人呜咽，青枫林下鬼吟哦，更兼着连天衰草遮坟墓。这的是，昨贫今富人劳碌，春荣秋谢花折磨。似这般，生关死劫谁能躲。闻说道，西方宝树唤婆娑，上结着长生果。

〔第十支 聪明累〕机关算尽太聪明，反送了卿卿性命。生前心已碎，死后性空灵。家富人宁，终有个家亡人散各奔腾。

枉费了意悬悬半世心，好一似荡悠悠三更梦，忽喇喇如大厦倾，昏惨惨似灯将尽。呀！一场欢喜忽悲辛，叹人世终难定！

〔第十一支 留余庆〕留余庆，留余庆，忽遇恩人。幸娘亲，幸娘亲，积得阴功。劝人生济困扶穷，休似俺那爱银钱、忘骨肉的狠舅奸兄。正是乘除加减，上有苍穹。

〔第十二支 晚韶华〕镜里恩情，更那堪梦里功名！那美韶华去之何迅，再休提绣帐鸳衾。只这戴珠冠，披凤袄，也抵不了无常性命。虽说是人生莫受老来贫，也须要阴骘积儿孙。气昂昂戴簪缨，簪缨；光灿灿胸悬金印；威赫赫爵禄高登，高登；昏惨惨黄泉路近。问古来将相可还存，也只是虚名儿与后人钦敬。

〔第十三支 好事终〕画梁春尽落香尘。擅风情，秉月貌，便是败家的根本。箕裘颓堕皆从敬，家事消亡首罪宁。宿孽总因情。

〔第十四支 飞鸟各投林〕为官的家业凋零，富贵的金银散尽。有恩的死里逃生，无情的分明报应。欠命的命已还，欠泪的泪已尽。冤冤相报实非轻，分离聚合皆前定。欲知命短问前生，老来富贵也真侥幸。看破的遁入空门，痴迷的枉送了性命。好一似食尽鸟投林，落了片白茫茫大地真干净！

歌毕，还要歌副曲。警幻见宝玉甚无趣味，因叹："痴儿竟尚未悟！"那宝玉忙止歌姬不必再唱，自觉朦胧恍惚，告醉求卧。警幻便命撤去残席，送宝玉至一香闺绣阁之中。其间铺陈之盛乃素所未见之物，更可骇者，早有一女子在内，其鲜妍妩媚，有似宝钗，其袅娜风流，则又如黛玉。正不知何意，忽警幻道："尘世中多少富贵之家，那些绿窗风月，绣阁烟霞，皆被淫污纨袴与那些流荡女子悉皆玷辱。更可恨者，自古来多少轻薄浪子，皆以好色不淫为饰，又以情而不淫作案，此皆饰非掩丑之语也。好色即淫，知情更淫。是以巫山之会，云雨之欢，皆由既悦其色，复恋其情之所致也。吾所爱汝者，乃天下古今第一淫人也。"

宝玉听了，吓得忙答道："仙姑差矣。我因懒于读书，家父母尚每垂训饬，岂敢再冒'淫'字。况且年纪尚小，不知'淫'字为何物。"警幻道："非也。淫虽一理，意则有别。如世之好淫者，不过悦容貌，喜歌舞，调笑无厌，云雨无时，恨不能尽天下之美女供我片时之趣兴，此皆皮肤滥淫之蠢物耳。如尔，则天分中生成一段痴情，吾辈推之为'意淫'。'意淫'二字，惟心会而不可口传，可神通而不可语达。汝今独得此二字，在闺阁中固可为良友，然于世道中未免迂阔怪诡，百口嘲谤，万目睚眦。今既遇令祖宁荣二公，剖腹深嘱，吾不忍君独为我闺阁增光，见弃于世道，故特引前来，醉以灵酒，沁以仙茗，警以妙曲，再将吾妹一人，乳名兼美，字可卿者，许配与汝。今夕良时，即可成姻。不过令汝领略此仙闺幻境之风光尚然如此，何况尘境之情哉！而今以后，万万解释，改悟前情，留意于孔孟之间，委身于经济之道。"说毕，便秘授以云雨之事。于是推宝玉入房，将门掩上自去。

那宝玉恍恍惚惚，依警幻所嘱之言，未免有儿女之事，难以尽述。至次日便柔情缱绻，软语温存，与可卿难解难分。二人因携手出去游玩，忽至一个所在，但见荆榛遍地，狼虎同群，迎面一道黑溪阻路，并无桥梁可通。正在犹豫之间，忽见警幻从后追来，告道："快休前进，作速回头要紧。"宝玉忙止步问道："此系何处？"警幻道："此即迷津也。深有万丈，遥亘千里，中无舟楫可通。只有一个木筏，乃木居士掌舵，灰侍者撑篙，不受金银之谢，但遇有缘者渡之。尔今偶游至此，设如堕落其中，则深负我从前谆谆警戒之语矣。"话犹未了，只听迷津内水响如雷，竟有许多夜叉海鬼将宝玉拖将下去。吓得宝玉汗下如雨，一面失声喊叫："可卿救我！"吓得袭人辈众丫鬟忙上来搂住，叫："宝玉别怕，我们在这里。"

却说秦氏正在房外，嘱咐小丫头们好生看着猫儿狗儿打架，忽听宝玉在梦中唤他的小名，因纳闷道："我的小名这里从无人知道，他如何知道得，在梦里叫将出来？"正是：

一帘幽梦同谁近，千古情人独我痴。

第二十七回（摘录）
滴翠亭杨妃戏彩蝶　埋香冢飞燕泣残红

宝玉因不见了林黛玉，便知他躲了别处去了。想了一想，索性迟两日，等他的气消一消再去也罢了。因低头看见许多凤仙石榴等各色落花锦重重地落了一地，因叹道："这是他心里生了气，也不收拾这花儿来了。待我送了去，明儿再问着他。"说着，只见宝钗约着他们往外头去。宝玉道："我就来。"说毕，等他二人去远了，便把那花儿兜了起来，登山渡水，过树穿花，一直奔了那日同林黛玉葬桃花的去处来。将已到了花冢，犹未转过山坡，只听山坡那边有呜咽之声，一行数落着，哭得好不伤感。宝玉心下想道："这不知是哪房里的丫头受了委屈，跑到这个地方来哭。"一面想，一面煞住脚步，听他哭道是：

花谢花飞花满天，红消香断有谁怜？

游丝软系飘春榭，落絮轻沾扑绣帘。
闺中女儿惜春暮，愁绪满怀无释处，
手把花锄出绣闺，忍踏落花来复去。
柳丝榆荚自芳菲，不管桃飘与李飞。
桃李明年能再发，明年闺中知有谁？
三月香巢已垒成，梁间燕子太无情！
明年花发虽可啄，却不道人去梁空巢也倾。
一年三百六十日，风刀霜剑严相逼，
明媚鲜妍能几时，一朝飘泊难寻觅。
花开易见落难寻，阶前愁杀葬花人，
独把花锄泪暗洒，洒上空枝见血痕。
杜鹃无语正黄昏，荷锄归去掩重门。
青灯照壁人初睡，冷雨敲窗被未温。
怪奴底事倍伤神，半为怜春半恼春，
怜春忽至恼忽去，至又无言去不闻。
昨宵庭外悲歌发，知是花魂与鸟魂？
花魂鸟魂总难留，鸟自无言花自羞。
愿奴胁下生双翼，随花飞到天尽头。
天尽头，何处有香丘？
未若锦囊收艳骨，一抔净土掩风流。
质本洁来还洁去，强于污淖陷渠沟。
尔今死去侬收葬，未卜侬身何日丧？
侬今葬花人笑痴，他年葬侬知是谁？
试看春残花渐落，便是红颜老死时。
一朝春尽红颜老，花落人亡两不知！

宝玉听了，不觉痴倒。要知端详，且听下回分解。

第三十八回
林潇湘魁夺菊花诗　薛蘅芜讽和螃蟹咏

　　话说宝钗湘云二人计议已妥，一宿无话。湘云次日便请贾母等赏桂花。贾母等都说："倒是她有兴头，须要扰她这雅兴。"至午，果然贾母带了王夫人凤姐，兼请薛姨妈等进园来。贾母因问："哪一处好？"王夫人道："凭老太太爱在那一处，就在那一处。"凤姐道："藕香榭已经摆下了，那山坡下两棵桂花开得又好，河里水又碧清，坐在河当中亭子上，岂不敞亮。看着水，眼也清亮。"贾母听了，说："这话很是。"说着，引了众人往藕香榭来。原来来这藕香榭盖在池中，四面有窗，左右有曲廊可通，亦是跨水接岸，后面又有曲折竹桥暗接。众人上了竹桥，凤姐忙上来搀着贾母，口里说："老祖宗只管迈大步走，不相干的，这竹子桥规矩是咯吱咯喳的。"

　　一时进入榭中，只见栏杆外另放着两张竹案，一个上面设着杯箸酒具，一个上头设着茶笕茶盂各色茶具。那边有两三个丫头扇风炉煮茶，这一边另外几个丫头也扇风炉烫酒呢。贾母喜的忙问："这茶想的到，且是地方，东西都干净。"湘云笑道："这是宝姐姐帮着我预备的。"贾母道："我说这个孩子细致，凡事想得妥当。"一面说，一面又看见柱上挂的黑漆嵌蚌的对子，命人念。湘云念道：

　　"芙蓉影破归兰桨，菱藕香深写竹桥。"

　　贾母听了，又抬头看匾，因回头向薛姨妈道："我先小时，家里也有这么一个亭子，叫作什么'枕霞阁'。我那时也像他们这么大年纪，同姊妹们天天顽去。那日谁知我失了脚掉下去，几乎没淹死，好容易救了上来，到底被那木钉把头碰破了。如今这鬓角上那指头顶大一块窝儿就是那破残了。众人都怕经了水，又怕冒了风，都说活不得了，谁知竟好了。"凤姐不等人说，先笑道："那时要活不得，如今这么大福可叫谁享呢！可知老祖宗从小儿的福寿就不小，神差鬼使碰出那个窝儿来，好盛福寿的。寿星老儿头上原是一个窝儿，因为万福万寿盛满了，所以倒凸高出些来了。"未及说完，贾母与众人都笑软了。贾母笑道："这猴儿惯得了不得了，只管拿我取笑起来。恨的我撕你那油嘴。"凤姐笑道："回来吃螃蟹，恐积了冷在心里，讨老祖宗笑一笑开开心，一高兴多吃两个就无妨了。"贾母笑道："明儿叫你日夜跟着我，我倒常笑笑，觉得开心。不许回家去。"王夫人笑道："老太太因为喜欢他，才惯的他这样。还这样说，他明儿越发无理了。"贾母笑道："我喜欢他这样。况且他又不是那不知高低的孩子。家常没人，娘儿们原该这样。横竖礼体不错就罢了，没的倒叫他从神儿似的作什么。"

　　说着，一齐进入亭子，献过茶，凤姐忙着搭桌子，要杯箸。上面一桌：贾母、薛姨妈、宝钗、黛玉、宝玉。东边一桌：史湘云、王夫人、迎、探、惜。西边靠门一小桌：李纨和凤姐的。——虚设坐位，二人皆不敢坐，只在贾母王夫人两桌上伺候。凤姐吩咐："螃蟹不可多拿来，仍旧放在蒸笼里，拿十个来，吃了再拿。"一面又要水洗了手，站在贾母跟前剥蟹肉。头次让薛姨妈，薛姨妈道："我自己掰着吃香甜，不用人让。"凤姐便奉贾母。二次的便与宝玉。又说："把酒烫得滚热的拿来。"
又命小丫头们去取菊花叶儿、桂花蕊熏的蒙豆面子来，预备洗
手。史湘云陪着吃了一个，就下坐来让人。又出至外头，命人
盛两盘子与赵姨娘周姨娘送去。又见凤姐走来道："你不惯张
罗，你吃你的去。我先替你张罗，等散了，我再吃。"湘云不肯。
又命在那边廊上摆了两桌，让鸳鸯、琥珀、彩霞、彩云、平儿
去坐。鸳鸯因向凤姐笑道："二奶奶在这里伺候，我们可吃去了。"
凤姐儿笑道："你们只管去，都交给我就是了。"说着，史湘
云仍入了席。凤姐和李纨也胡乱应个景儿。凤姐仍是下来张罗。
一时，出至廊上，鸳鸯等正吃得高兴，见他来了，鸳鸯等站起
来道："奶奶又出来作什么？让我们也受用一会子。"凤姐笑
道："鸳鸯小蹄子越发坏了。我替你当差，倒不领情，还抱怨我。
还不快斟一盅酒来我喝呢。"鸳鸯笑着，忙斟了一杯酒，送至
凤姐唇边，凤姐一扬脖子吃了。琥珀彩霞二人也斟上一杯，送
到凤姐唇边，凤姐也吃了。平儿早剔了一壳黄子送来。凤姐道：
"多倒些姜醋。"一面也吃了。笑道："你们坐着吃罢，我可
去了。"鸳鸯笑道："好没脸，吃我们的东西。"凤姐儿笑道：
"你和我少作怪。你知道，你琏二爷爱上了你，要和老太太讨
了你作小老婆呢。"鸳鸯道："啐，这也是作奶奶说出来的话！
我不拿腥手抹你一脸算不得。"说着，赶来就要抹。凤姐儿央
道："好姐姐，饶我这一遭儿罢。"琥珀笑道："鸳丫头要去了，
平丫头还饶他。你们看看他，没有吃了两个螃蟹，倒喝了一碟
子醋，他也算不会揽酸了！"平儿手里正掰了个满黄的螃蟹，
听如此奚落他，便拿着螃蟹照着琥珀脸上抹来，口内笑骂："我
把你这嚼舌根的小蹄子！"琥珀也笑着，往旁边一躲。平儿使

空了，往前一撞，正恰恰地抹在凤姐儿腮上。凤姐正和鸳鸯嘲笑，不防吓了一跳，哎哟了一声。众人掌不住都哈哈地大笑起来。凤姐也禁不住笑骂道："死娼妇，吃离了眼了！混抹你娘的。"平儿忙赶赶过来替他擦了，亲自去端水。鸳鸯道："阿弥陀佛！这是个报应。"贾母那边听见，一迭连声问："见了什么，这样乐？告诉我们也笑笑。"鸳鸯等忙高声笑回道："二奶奶来抢螃蟹吃，平儿恼了，抹了他主子一脸的螃蟹黄子，主子奴才打架呢。"贾母和王夫人等听了，也笑起来。贾母笑道："你们看他可怜见的，把那小腿子脐子给他点子吃也就完了。"鸳鸯等笑着答应了，高声又说道："这满桌子的腿子，二奶奶只管吃就是了。"凤姐洗了脸走来，又伏侍贾母等吃了一回。黛玉独不敢多吃，只吃了一点夹子肉就下来了。

　　贾母一时不吃了，大家方散。都洗了手，也有看花的，也有弄水看鱼的，游玩了一回。王夫人因回贾母说："这里风大，才又吃了螃蟹，老太太还是回房去歇歇罢了。若高兴，明日再来逛逛。"贾母听了，笑道："正是呢。我怕你们高兴，我走了，又怕扫了你们的兴。既这么说，咱们就都去罢。"回头又嘱咐湘云："别让你宝哥哥林姐姐多吃了。"湘云答应着。又嘱咐湘云、宝钗二人说："你两个也别多吃。那东西虽好吃，不是什么好的，吃多了肚子疼。"二人忙应着，送出园外，仍旧回来，命将残席收拾了另摆。宝玉道："也不用摆，咱们且作诗。把那大团圆桌子放在当中，酒菜都放着，也不必拘定坐位，有爱吃的去吃，大家散坐，岂不便宜。"宝钗道："这话极是。"湘云道："虽如此说，还有别人。"因又命另一摆一桌，拣了热螃蟹来，请袭人、紫鹃、司棋、侍书、入画、莺儿、翠墨等一处共坐。山坡桂树底下铺下两条花毡，命答应的婆子并小丫头等也都坐了，只管随意吃喝，等使唤再来。

　　湘云便取了诗题，用针绾在墙上。众人看了，都说："新奇固新奇，只怕作不出来。"湘云又把不限韵的缘故说了一番。宝玉道："这才是正理。我也最不喜限韵。"林黛玉因不大吃酒，又不吃螃蟹，自命人掇了一个绣墩，倚栏坐着，拿了钓竿钓鱼。宝钗手里拿着一枝桂花，玩了一回，俯在窗槛上，掐了桂蕊掷向水面，引的游鱼浮上来唼喋。湘云出一回神，又让一回袭人等，又招呼山坡下的众人，只管放量吃。探春和李纨惜春立在垂柳阴中看鸥鹭。迎春又独在花阴下，拿着花针穿茉莉花。宝玉又看了一回黛玉钓鱼；一会又俯在宝钗旁边说笑两句；一回又看袭人等吃螃蟹，自己也陪他饮两口酒，袭人又剥一壳肉给他吃。黛玉放下钓竿，走至座间，拿起那乌银梅花自斟壶来，拣了一个小小的海棠冻石蕉叶杯。丫鬟看见，知他要饮酒，忙着走上来斟。黛玉道："你们只管吃去，让我自己斟，才有趣儿。"说着，便斟了半盏，看时却是黄酒，因说道："我吃了一点子螃蟹，觉得心口微微的疼，须得热热地吃口烧酒。"宝玉忙道："有烧酒。"便命将那合欢花浸的酒烫一壶来。黛玉也只吃了一口，便放下了。宝钗也走过来，另拿一只杯来，也饮了一口放下，便蘸笔至墙上把头一个"忆菊"勾了，底下又赘了一个"蘅"字。宝玉忙道："好姐姐，第二个我已经有了四句了，你让我作罢。"宝钗笑道："我好容易有了一首，你就忙的这样。"黛玉也不说话，接过笔来，把第八个"问菊"勾了，接着把第十一个"菊梦"也勾了，也赘一个"潇"字。宝玉也拿起笔来，将第二个"访菊"也勾了，也赘上一个"绛"字。探春走来看看道："竟没人作

'簪菊'，让我作这'簪菊'。"又指着宝玉笑道："才宣过，总不许带出闺阁字样来，你可要留神。"说着，只见湘云走来，将第四第五"对菊""供菊"一连两个都勾了，也赘上一个"湘"字。探春道："你也该起个号。"湘云笑道："我们家如今虽有几个轩馆，我又不住着，借了来也没趣。"宝钗笑道："方才老太太说你们家也有这个水亭，叫枕霞阁，难道不是你的？如今虽没了，你到底是旧主人。"众人都道有理。宝玉不待湘云动手，便代将"湘"字抹了，改了一个"霞"字。又有顿饭工夫，十二题已全，各自誊出来，都交与迎春；另拿了一张雪浪笺过来，一并誊录出来，某人作的底下写明某人的号。李纨等从头看道：

忆菊

蘅芜君

怅望西风抱闷思，蓼红苇白断肠时。

空篱旧圃秋无迹，瘦月清霜梦有知。

念念心随归雁远，寥寥坐听晚砧痴。

谁怜我为黄花病，慰语重阳会有期。

访菊

怡红公子

闲趁霜晴试一游，酒杯药盏莫淹留。

霜前月下谁家种，槛外篱边何处秋。

蜡屐远来情得得，冷吟不尽兴悠悠。

黄花若解怜诗客，休负今朝挂杖头。

种菊

怡红公子

携锄秋圃自移来，篱畔庭前故故栽。
昨夜不期经雨活，今朝犹喜带霜开。
冷吟秋色诗千首，醉酹寒香酒一杯。
泉溉泥封勤护惜，好知井径绝尘埃。

对菊

枕霞旧友

别圃移来贵比金，一丛浅淡一丛深。
萧疏篱畔科头坐，清冷香中抱膝吟。
数去更无君傲世，看来惟有我知音。
秋光荏苒休辜负，相对原宜惜寸阴。

供菊

枕霞旧友

弹琴酌酒喜堪俦，几案婷婷点缀幽。
隔坐香分三径露，抛书人对一枝秋。
霜清纸帐来新梦，圃冷斜阳忆旧游。
傲世也因同气味，春风桃李未淹留。

咏菊

潇湘妃子

无赖诗魔昏晓侵，绕篱欹石自沉音。
毫端运秀临霜写，口齿噙香对月吟。

满纸自怜题素怨，片言谁解诉秋心。

一从陶令平章后，千古高风说到今。

书菊

蘅芜君

诗余戏笔不知狂，岂是丹青费较量。

聚叶泼成千点墨，攒花染出几痕霜。

淡淡神会风前影，跳脱秋生腕底香。

莫认东篱闲采掇，粘屏聊以慰重阳。

问菊

潇湘妃子

欲讯秋情众莫知，喃喃负手叩东篱。

孤标傲世偕谁隐，一样花开为底迟？

圃露庭霜何寂寞，鸿归蛩病可相思？

休言举世无谈者，解语何妨话片时。

簪菊

蕉下客

瓶供篱栽日日忙，折来休认镜中妆。

长安公子因花癖，彭泽先生是酒狂。

短鬓冷沾三径露，葛巾香染九秋霜。

高情不入时人眼，拍手凭他笑路旁。

菊影

枕霞旧友

秋光叠叠复重重，潜渡偷移三径中。

窗隔疏灯描远近，篱筛破月锁玲珑。

寒芳留照魂应驻，霜印传神梦也空。

珍重暗香休踏碎，凭谁醉眼认朦胧。

菊梦

潇湘妃子

篱畔秋酣一觉清，和云伴月不分明。

登仙非慕庄生蝶，忆旧还寻陶令盟。

睡去依依随雁断，惊回故故恼蛩鸣。

醒时幽怨同谁诉？衰草寒烟无限情。

残菊

蕉下客

露凝霜重渐倾欹，宴赏才过小雪时。

蒂有余香金淡泊，枝无全叶翠离披。

半床落叶蛩声病，万里寒云雁阵迟。

明岁秋风知再会，暂时分手莫相思。

众人看一首，赞一首，彼此称扬不绝。李纨笑道："等我从公评来。通篇看来，各有各人的警句。今日公评：《咏菊》第一，《问菊》第二，《菊梦》第三，题目新，诗也新，立意更新，恼不得要推潇湘妃子为魁了；然后《簪菊》《对菊》《供菊》《画菊》《忆菊》次之。"宝玉听说,喜的拍手叫:"极是,极公道。"黛玉道:"我那首也不好,到底伤于纤巧些。"李纨道:"巧的却好,不露堆砌生硬。"黛玉道:"据我看来,头一句好的是'圃冷斜阳忆旧游',这句背面傅粉。'抛书人对一枝秋'已经妙绝,将供菊说完,没处再说,故翻回来想到未折未供之先,意思深透。"李纨笑道:"固如此说,你的'口齿噙香'一句也敌得过了。"探春又道:"到底要算蘅芜君沉着,'秋无迹''梦有知',把个'忆'字竟烘染出来了。"宝钗笑道:"你的'短鬓冷沾''葛巾香染',也就把簪菊形容得一个缝儿也没了。"湘云笑道:"'偕谁隐''为底迟',真个把个菊花问的无言可对。"李纨笑道:"你的'科头坐''抱膝吟',竟一时也舍不得别开,菊花有知,也必腻烦了。"说的大家都笑了。宝玉笑道:"我又落第。难道'谁家种''何处秋''蜡屐远来''冷吟不尽'都不是访,'昨夜雨''今朝霜'都不是种不成?但恨敌不上'口齿噙香对月吟''清冷香中抱膝吟''短鬓''葛巾''金淡泊''翠离披''秋无迹''梦有知'这几句罢了。"又道:"明日闲了,我一个人作出十二首来。"李纨道:"你的也好,只是不及这几句新巧就是了。"

大家又评了一回,复又要了热蟹来,就在大圆桌子上吃了一回。宝玉笑道:"今日持螯赏桂,亦不可无诗。我已吟成,谁还敢作呢?"说着,便忙洗了手,提笔写出。众人看道:

持螯更喜桂阴凉,泼醋擂姜兴欲狂。

饕餮王孙应有酒,横行公子却无肠。

脐间积冷馋忘忌,指上沾腥洗尚香。

　　原为世人美口腹，坡仙曾笑一生忙。

　　黛玉笑道："这样的诗，要一百首也有。"宝玉笑道："你这会子才力已尽，不说不能作了，还贬人家。"黛玉听了，并不答言，也不思索，提起笔来一挥，已有了一首。众人看道：

　　　　铁甲长戈死未忘，堆盘色相喜先尝。
　　　　螯封嫩玉双双满，壳凸红脂块块香。
　　　　多肉更怜卿八足，助情谁劝我千觞。
　　　　对斟佳品酬佳节，桂拂清风菊带霜。

　　宝玉看了正喝彩，黛玉便一把撕了，命人烧去，因笑道："我的不及你的，我烧了吧。你那个很好，比方才的菊花诗还好，你留着他给人看。"宝钗接着笑道："我也勉强了一首，未必好，写出来取笑儿罢。"说着也写了出来。大家看时，写道是：

　　　　桂霭桐阴坐举觞，长安涎口盼重阳。
　　　　眼前道路无经纬，皮里春秋空黑黄。

　　看到这里，众人不禁叫绝。宝玉道："写的痛快，我的诗也该烧了。"又看底下道：

　　　　酒未敌腥还用菊，性防积冷定须姜。
　　　　于今落釜成何益，月浦空余禾黍香。

众人看毕，都说："这是食螃蟹绝唱。这些小题目原要寓大意，才算是大才。只是讽刺世人太毒了些。"说着，只见平儿复进园来。不知作什么，且听下回分解。

后记

红楼梦：失去的大观园

　　两百多年前，一个石头，在古典中国的文学世界里蹦跃而出。两百多年来，石头的震撼，依旧感动广大中国读者的心灵，甚至越山渡水延伸到了异域他乡。这石头原诞生于本土，却也逐渐属于更辽阔的四海全球；这石头原焕发古典的光辉，我们多么希望它不至沉埋于现代的喧嚣烟尘里。

　　一般相信：清代雍乾年间的曹雪芹写下了《石头记》这部巨著，但只写了八十回，还没有真正完成全稿，就因病长辞人间。因为没有完稿，又因为完成的部分已经是这样的生动迷人，所以这个石头不仅令人痴醉与沉迷，更要令人生起无数的迷惑与猜测。从曹雪芹生前，《石头记》的故事就传抄开来，而到了他逝世两百多年后的今天，读者所熟知的已不是最初的八十回《石头记》了，而是一百二十回的《红楼梦》。

　　去探索去追查这些问题，这些问题包括：种种不同的版本，本子上注的批因为版本不同而引起诠释上的出入：前八十回和后四十回是否出于统一的写作意愿与构想？作者（或续作者）是怎样的人物？究竟这么一部巨作的流传，在作者是要表达什么？在读者又能得到哪些？……

　　这种种的问题便形成蔚为可观的一门学问。时至今日，"红学"已是众所皆知的一个专有词了。而红学里种种繁复的课题，久久争执不下，莫衷一是，不得定论。

　　从一名小学童的读者，一直到今天，以《红楼梦》为教本，执教于中文系的古典小说课堂上，《红楼梦》对我个人最真切、最深刻的启示，还是在于这部书是这样真诚而严肃地探讨了生命选择的问题。因为这个缘故,当我受命以现代的语言,重新讲述这个古老的故事时,也就希望能够把我这么一点微末却是极诚挚的体验,分享给读者们。

首先,我保留了原书神话的缘起。不仅如此,还以个人的了解,用更多的笔墨去描绘青埂峰下的顽石。因为石头强烈而固执的自我意愿,所以后来宝玉的降世人间,才不至于只是一个莫名其妙的偶然。也因为红尘只是一次短暂的客旅,所以贾宝玉最后的出家,不致沦为一种不负责任、一走了之的举动,那是因为他的日子到了,必须再回到所来之处的青埂峰。

面对现代入世心灵的读者,最常常遇到的一个质疑便是:《红楼梦》的一片风花雪月,不能让饱受现实困扰的迷羊,因此得到亲切的认同或可行的方向。

而我个人的看法,也就是我改写的"在人间的大地"部分想要表达的——的确,风花雪月,儿女情长,占了原书极大的篇幅。但是,这一片风花雪月,依我读来,是起于对生命本身一份极新鲜、极浓厚的兴趣,对于生活本身的一种极细致、极珍重的品味。用更简单的话来囊括,就是一份"生之热情"吧!所以,这风花雪月不致成为感官的麻痹,或者欲望的粗俗与沉沦,至少当我读到这些诗酒花月时,总不免要抚卷笑叹,又欣然向往;而不是像读《金瓶梅》,或者观看某些刻画纸醉金迷电影时所感受的一种难堪——无尽的追欢,却是一种极度的疲惫与倦怠。当然,大观园里的少年似乎没有出路的压力,不像现代的莘莘学子,要忧愁高考、志愿、就业、出国等问题。在《红楼梦》的时代,表面上,诚然没有这些问题,但我们若从本质上去体察,就不难了解,书中每一位人物,何尝不是在寻找生命的出路？怡红院里的晴雯和袭人，一个刚烈不驯，一个委婉妥协；又像少妇辈的李纨，恬静寡淡，而凤姐却灵活热衷，这些态度，就是一种抉择的流露。……而宝玉呢？更是无时无刻不在寻找可行的答案与依归。他强烈反对"文死谏，武死战"，不是他的探讨与反省之一吗？而在世上可以作为追寻的诸般对象里，《红楼梦》的作者特别喜欢以"爱情"作为人性实验的试纸，企图由纸张的种种反应，去测量人心的同与不同。难道写"爱情"不是以为代表吗？

　　贾宝玉经历种种感情幻灭的痛苦，逐渐醒悟到解脱之道，在于彻底绝灭欲望我执的虚妄。当然，也在这中间，他了解自己不过是下凡历劫的石头，就快要回去了。在他临去前，他还是履践世间人子的一份责任，爱他的妻子家人，为他们留下子嗣骨血，并且顺服地参加考试，尽力而为，考中功名。骨肉伦常，经国济民，是一个正统儒者的生命意义。然而，在《红楼梦》里，我们隐隐感觉这个古老社会晃动欲坠。因为每当思及更严肃、更终极的安身立命问题时，那空气总是苦闷的，那答案总是悲哀的。在男性里，长辈的贾敬，选择道家的末流，一味求仙炼丹，却是自取灭亡的愚昧。贾赦呢？纵情声色，却昏聩浑噩，没有清明的理性与人性的高贵尊严。而贾政，说是粹然纯儒，但他的方正常是可笑的迂腐，他的自律似乎剥夺了原始童真的生命喜悦；我们但见他宦海浮沉，却不能看到真正忧以天下、乐以天下、拥抱生民的情怀与作为。至于女性，就连最最敏慧干练而有气魄的探春，也要说出："我但凡是个男人，可以出得去，我必早走了，立一番事业，那时我自有一番道理；偏我是女孩儿家，一句多话也没有我乱说的。"难怪一百年后，这个老大的王朝终于被推翻了。当我们享有更多的选择时，是否更能体会到书里那个时代沉重的脉搏呢？

如果把《红楼梦》放在古典戏曲小说的传统里，我以为在观念上，至少它流露了宝贵的两点。第一就是功名色彩的淡薄，它几乎完全摆脱了千年来仕子文人不能忘怀的古老憧憬。作者的摆脱绝不是故作清高的矫情，吃不到葡萄的满口酸冷、心实热望，因为没有这层束缚，于是创作时就得到更为宽广的活动能力。这或者和曹雪芹本人生平有关吧！在我们所能掌握的资料中，曹雪芹四十余年生涯，似不曾涉足官场，虽然贫病而死，却是出身一度显赫的家族。或者正因这点贵族末裔的血缘，使他无须苦苦以功名来肯定什么吧！第二，该是这部小说中对少年情怀的看重。虽然为情为爱而生而死，本来就只属于少年时节，然而好像唯有《红楼梦》才用这么多的笔墨去刻画青春的喜悦欢乐，以及欢乐喜悦里的烦恼、苦闷与忧伤。这一点心灵的触及，使得书中人物的境界提升，不再只是才子佳人、僵冷扁平的样板。

因为篇幅，更因为能力，也因为一点偏见，原著作中属于风土文物的部分，却大量割舍了。对于不能忘情于"京片子"的呱拉松脆，或是贵族之家的陈设建筑……对这样的读者，作为改写的作者，我要深致歉意。另外，关于原书中的满汉意识，当我阅读时就不曾有特殊感受，现在改写，基于更宽更广的中华民族观，所以就更要置之不顾了。这一点，也是要恳求鉴察的。在形式上，前八十回，是以分段说方式处理，后四十回则是夹叙夹议夹演。所以如此，也还是尊重大多数红学学者的看法，以为前八十回是正宗真传。但后四十回流传久矣，自有极宝贵的意义。至于版本的参考，前者主要是依据戚蓼生序本，后者是程甲本，当然在处理上有相当大的弹性。

日光月阴倏忽流逝，繁华萎落；而人心多变，愚昧与欲念，竟然不能容忍一寸净土的保留。于是，姹紫嫣红要沦为断垣残壁，群芳芜秽，大观园终将失去。黛玉死了，宝玉出家了。然而仅仅因为曹雪芹曾经真挚的一字一泪，一行一血，于是在他笔下，失去的大观园留下一个不朽的春天；于是，有永远的石头，恒留于文学的世界里。